序

我是詩人
我是成大的詩人
我是成大鳳凰樹文學獎的詩人
這些詩我要獻給
愛詩的人
和所有熱愛生命的人
然後還諸天地
證明身而為人
我曾經來過這個世界

目次 CONTENT

兒子

看到自己的兒子
覺得生命的脆弱
吹一吹就破了
彈一彈就消風了
如果沒有上天
他怎麼活的下去
尤其是當有一天
我不在的時候
我怎麼能夠放心

今天早上被他媽媽打屁股
又罰站手舉高
因為把一包味精丟破

91.116

灑的滿地都是白雪
又用雙腳踩的得意洋洋
看著他痛哭流涕的求救的眼神
嘴吧哭得像布袋
聲音像雷公
眼淚像山洪爆發

我關上大門
趕著去上班
心裡想著
他的媽媽上班又要遲到了
不過她本來就是遲到大王
這是她媽媽自己說
和兩歲半的小冠儒
沒有關係

91.117

朱一貴

你是誰
鴨母王卻想當皇帝
空留一個笑柄
那台灣的國父——李登輝
也會和你一樣的下場嗎
那我們這些二千一百三十六萬的人民
怎麼辦呢

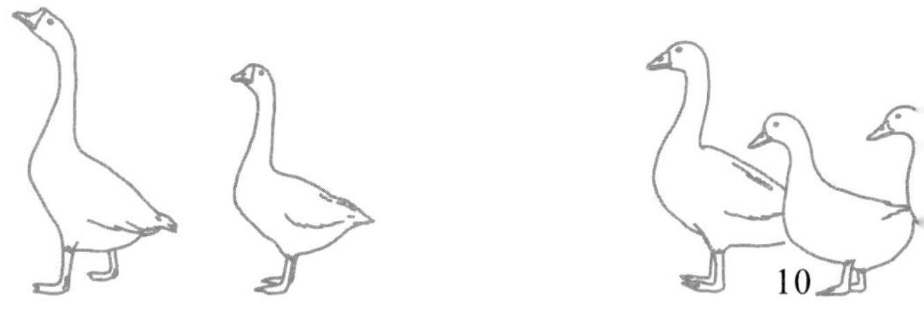

台灣國的夢

所謂的台灣生命共同體
也會煙消雲散嗎
千人騎 萬人踩
生生世世任人踐踏
真的是台灣四百年來的宿命嗎
祖先啊
為甚麼你們會到這裡來
為甚麼你們的船不叫五月花號
為甚麼叫五月花號
才能獨立建國

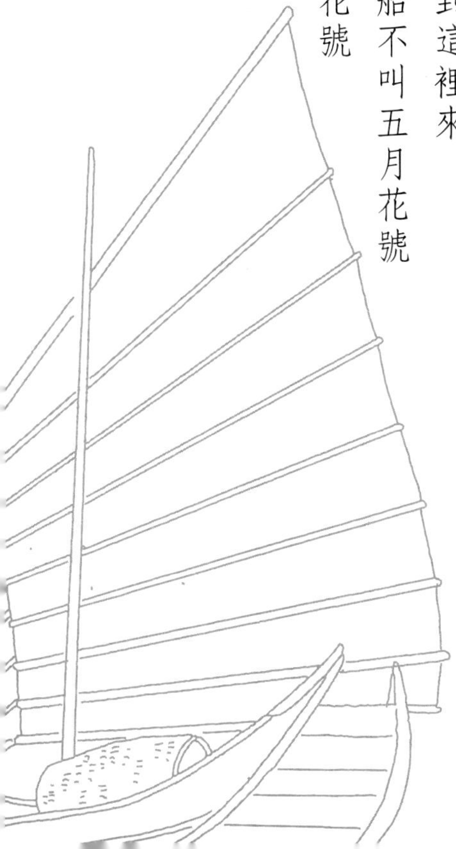

賽姬

賽姬啊！賽姬
你知道我雪白的肌膚
怎堪燭淚的滾燙
驚醒的不是疼痛
而是心碎的玻璃之聲

賽姬啊！賽姬
你知道我永恆的羽翼
呵護你嬌柔的身軀
是生生世世的承諾
而禁忌啊！賽姬
燭淚的滾燙
我雪白的肌膚怎堪忍受
你不看那天神威嚴的怒目
也要記著我殷殷的祈求

賽姬啊賽姬
燭淚的滾燙不是我
雪白的肌膚所堪忍受
賽姬啊！賽姬
你聲聲的承諾
何時變成燭焰的列烈
我湛藍的深情怎能不
龜裂成的黃田焦焦

啊！賽姬啊！賽姬
親愛的賽姬 你知道
我雪白的肌膚怎堪
燭淚的滾燙
驚醒的不是疼痛
而是心碎的玻璃之聲

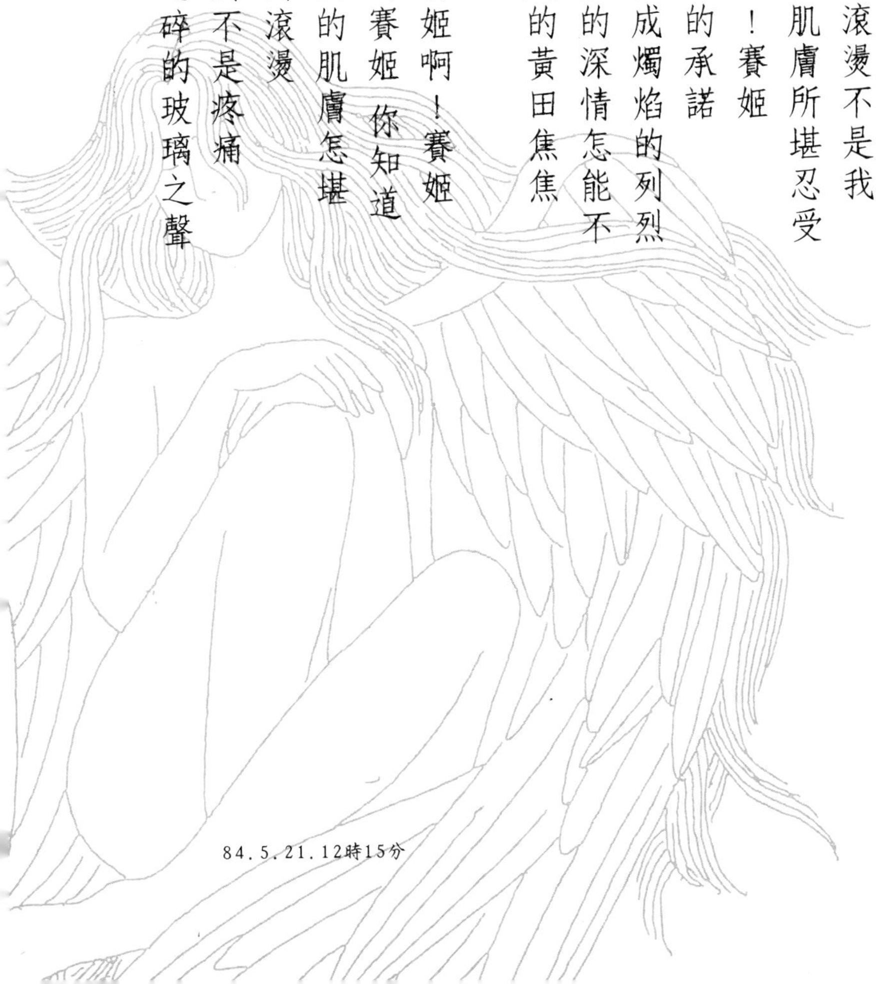

84.5.21.12時15分

賽姬

啊！賽姬
　別對你俊美的丈夫懷疑
啊！賽姬
　燃燒的燭淚會燙傷
　他健美的肌膚

啊！賽姬
　你豐滿的胴體雖然
惹人憐愛
但是他已安息
厭惡需索
啊！賽姬
男人的精水不是

汪洋大海
不堪兩個太陽
日夜的好奇
啊！賽姬
　他的羽翼將展示
天空的威力
啊！賽姬
你的淚水會蒸發到空中
　轟隆隆的雷電
將灌溉龜裂的大地
啊！賽姬
人們將記住你的美麗
和錯誤的過去。

84.3.17

小溪

（曾文水庫四號橋）

不知道你從哪裡來
只知道
這裡有三個清澈的水池
是因為你才能
前前後後
高高低低的用
圓圓的臉把我圍繞

上次，颱風剛過
你滿臉寫著黃色的困惑
吞吞吐吐的
把嗚咽訴說

昨夜微雨
替山區撲上霧霧的粉末
卻讓你在今晨用
翠玉的歡欣
盈盈的酒渦
貼近我

啊！如果是夏天多好
我要飛身躍入你的懷抱
讓透體的清涼
把煩惱的火
滅掉

83.12.26 晨

讓我們接下大陸的砲彈吧

二千一百萬的同胞們！
讓我們勇敢地接下大陸的砲彈吧！
五十年來，
不分原住民、福佬人、客家人和新住民，我們吃
同樣的米，我們喝
同樣的水，我們說
同樣的國語，我們站在
同樣的島嶼，打
同樣的八二三炮戰，我們頂著
同樣的青天，忍受
同樣的颱風，水災和地震，

是的，
我們頂天立地，不畏天災人禍，
是的，我們承受內憂外患，卻從不膽怯失志
是的，我們從來就不是被嚇大的！

在東亞第一高峰的玉山之下
從台北盆地到嘉南平原
從葛瑪蘭、泰魯閣到卑南
我們夜半歡呼，在電視機前
為金龍少棒隊的揚威威廉波特
我們三更灑淚，在各自的牀前
為七虎隊的鎩羽法蘭西斯科霸士
我們揚眉吐氣
為亞洲鐵人，飛躍的羚羊的突破奧林匹克
我們莊敬自強，處變不驚

為了退出聯合國而愈挫愈奮
團結合唱六年國建的莊嚴之歌
我們化悲憤為力量
為了國際的姑息逆流而心手相連
從鼻頭角到鵝鑾鼻
我們怒吼
為正義的不張，為真理的沉淪

同胞們！
平心靜氣的想
五十年來
台灣的經濟奇蹟和貪婪之島的榮辱毀譽
我們誰能逃得掉？
更何況
我們鐵肩扛下民主憲政的坎坷與陣痛

為了祖先們千年未完成的王道之夢：
啊！二千一百萬的同胞們：
天下是天下人的天下
天下不是一人、一家、一黨的天下
台灣是台灣人的台灣
不是任何暴力集團所能獨佔
中國是中國人的中國
不是任何一黨之私所能專政
我們堅決反對
任何形式的專制和獨裁
我們堅決反對
槍桿子出政權的無恥和霸道
（那是會被全人類所恥笑的！）
（那是會被開除球籍的！）

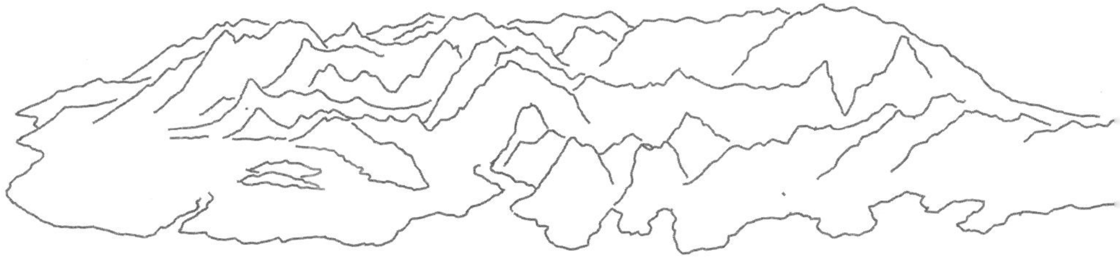

啊！二千一百萬的同胞們！
讓我們用
一張張的選票接下一顆顆的砲彈
讓我們用
一顆顆的圖章替代一顆顆的人頭
讓我們用
充滿了鮮血的胸膛
擋住迎接一把一把閃亮的刺刀
讓我們用愛與非暴力
把改朝換代的打打殺殺
從人類的歷史中
永永遠遠的埋葬
啊！
為了人類和地球億億萬萬年不朽的根基啊！

83.12.2.於台南
寫於行憲以來第一屆台灣省長選舉前夕

思念

我深深的思念剛剛好
剛剛好可以想你一整夜
我的心裡下著小雨
敲在琴鍵上
敲碎
叮叮噹噹的
水花四濺
啊！婉芩
難道你一點都沒聽見

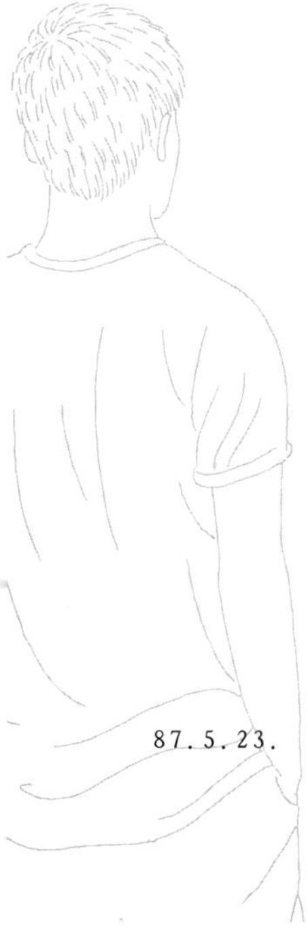

87.5.23.

女孩的愛情

女孩之間也有愛情嗎？
那麼闖入我們體內的那個男人
怎麼處理？
畢業前這三個月
請你把他讓給我吧
回台北，我再也不管你們——

遠方的你

總是有憂傷
不自覺的自眼淚升起
你看到了嗎
親愛的你 總是有
沉痛在胸口凝聚
化為深深的嘆息
你聽到嗎
親愛的Y. L.
總是有淚水
在眼眶裡湧現
遠方的你 一點都沒有感覺嗎？

87.5.23.

台灣的花兒啊

台灣的花兒啊！
總是把季節搞不清楚
春夏秋冬
隨時隨地
愛怎麼開就怎麼開

台大的女生啊
總是把Ａ片搞不清楚
春夏秋冬
隨時隨地
愛怎麼看就怎麼看
台灣的男人啊！

總是把房事搞不清楚
春夏秋冬
隨時隨地
愛怎麼買賣就怎麼買賣

台灣的政客啊！
總是把國家搞不清楚
春夏秋冬
隨時隨地
愛怎麼統獨就怎麼統獨

84.5.10.

登卑南山未果

我忘了你的名字
只知道
我差一點和伊
跌落到你不出一絲聲響
的山谷
因為我們看不到你
她說只有一個黑影閃過
而水聲乍現
似有還無

87.5.28.

歌聲

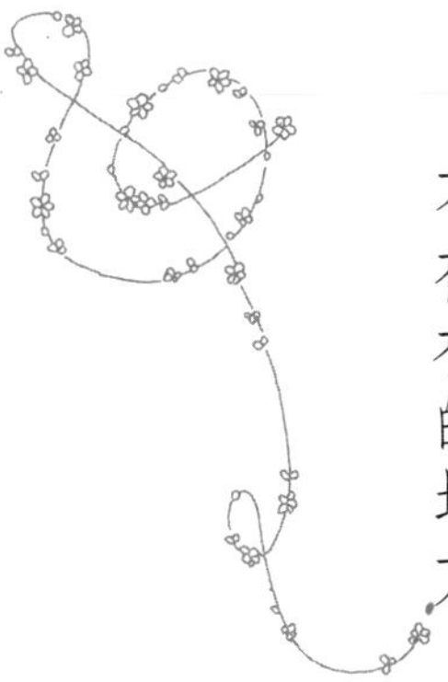

讓我的歌聲把空氣撕裂
把你震動成為
一團的棉絮
浮游於
不存在的地方

84.3.2.

彩蝶

彩蝶
直撲花心
任憑風兒左右搖擺
卻待在那兒
一動也不動

84.4.18.

小百合

短髮在耳下十公分
白色的素T
和牛仔鬚邊的熱褲
全身散發著青春年少的氣息
十七八歲的美少女從對街走來
和七八位融洽的親人相聚在走廊
等著進入盈聯發的廣式點心飲茶
撩撥頸邊的秀髮
像不經意的模特兒般的姿勢
身體自然律動著喜悅
周圍的芸芸眾生只顧桌上的美食
只有孤獨的我在心中讚嘆生命的奧秘
接受坐在她身邊的媽媽

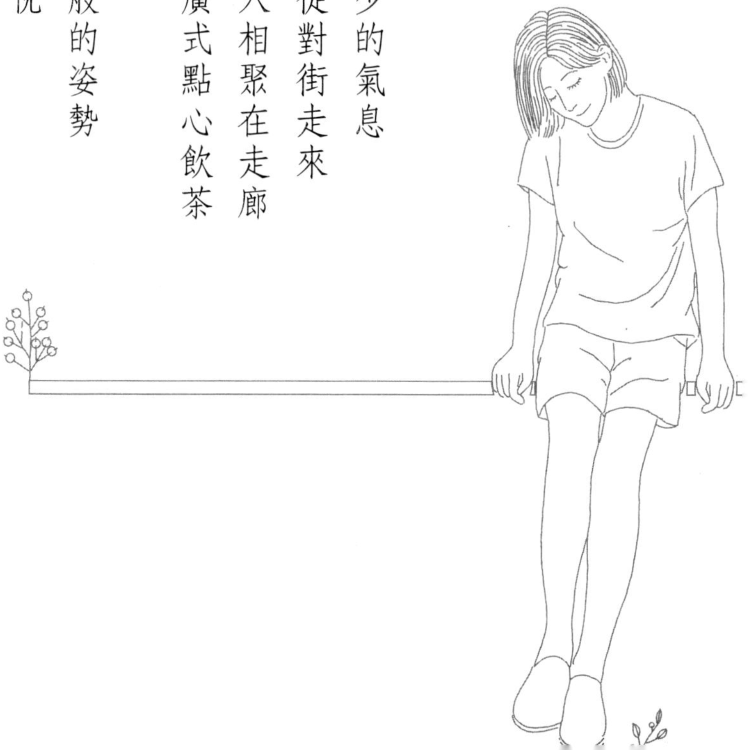

向我投射警戒的目光
一如雷射的光束把我射穿
被護衛的女孩秀氣的眼袋不客氣地出現
鼻翼兩側微微凹陷
襯托潔白的一些些浮腫的雙頰
桌面下隨意的v字形的白皙的美腿
洩露了3c低頭族年輕的任性
轉身離去的胸部
展現小巧飽滿而有彈性的曲線
淺淺的笑意盪漾漣漪的磁吸效應
雙眼震波清澈的柔性的光彩
使人心靈迷醉而跌入深藍的大海
整個美麗的世界單單為我一個人開啟門窗
衰老　肥胖　庸俗　善良　關愛和流露警戒的目光

她的明天也將是她的媽媽的今天
在眾親友的簇擁下離席
正港純粹台灣味的美少女
是我免費的美的饗宴
這是奢侈的不好意思
是對聖潔的冒犯
或者是詩人的特權與恩寵
她的眼睛有看到我嗎
從頭到尾我都無法確定
就像迷航的水手
抓不到夜空的星星

白色的牌坊

大學路上成群結隊的青年學生
隨著月落日昇川流不息
他們永遠青春洋溢
勝利路上波濤洶湧的腳踏車、機車、汽車
伴著歡笑聲、引擎聲和喇叭聲
他們永遠要向前衝 衝 衝
你穿著潔白樸素的衣裳
挺立壯碩的兩腳和黑色的大鞋一雙
頂著長方型的頭和飄飄然鱗狀的雲
你默默的俯視著這個繁忙的十字路口
捍衛著你的理想
從日本殖民統治的時代
到白色恐怖的時代

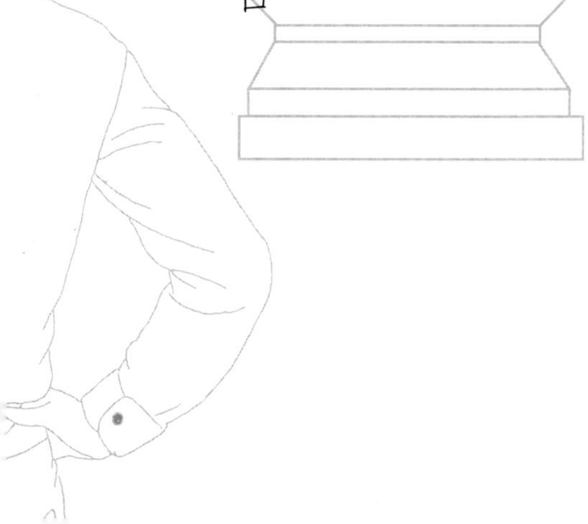

到解嚴的時代到黑金政治的時代
到威權復辟的時代……
到也許統一或者獨立的時代……
你的眼睛眨也不眨　你的身體動也不動
你每天迎著朝陽　送著落日　修煉智慧的光芒
安靜的發出如雷的巨響
「窮理致知」面東
「國立成功大學」向西
東西文明和日精月華加上一道天空的閃電
啊！你變成了一個具有靈魂的有機體
不斷創造人類血淚交織的輝煌

民國101年

跳地球

別人跳樓跳海我跳地球
我從虛無中來
也將回到虛無
俯看燦爛的星空與倏然逼近的蒼茫大地
既然沒有我的存有
一切的恩怨情仇和喜怒哀樂
有如滑鼠的左鍵
只要食指點一下
螢幕上的資料
就全部刪除
自由落體
連撞到地球的聲音也沒有

2017.12.22

台北橋

分手
是台北橋還是重陽橋
我已經分不清楚
只知道你的心真的離開了我
電話的另一頭傳來你的聲音說
咦？怎麼說了這麼久
這不是以前的你
好陌生的感覺
那個說：我沒辦法拒絕你的你
從熱情、溫暖到冷凍
經歷了兩年的我的努力
這不是我求之不得的嗎
為甚麼心裡傳來一陣的痛楚
真是太不應該了

分手
是台北橋還是重陽橋
我已經分不清楚

2018.01.11

上輩子的新娘

你是我上輩子的新娘
是我尋找已久失落的靈魂
我要把你的臉龐透過我的眼球
深深地埋進我的腦海裡
直到她浮出海面
成為一座不斷升高的島嶼
每年每月每分每秒都長高一點點
就算把我撐破了
我也不會抱怨
因為我們曾經是結合為一體的
在那個遠古洪荒的記憶裡爆炸
恍兮惚兮卻又是如此的真實
莫非這就是我種下的業力
生生世世在六道中不斷的纏縛流轉
師傅告誡我：你可以不要這樣寫
我說：如果不這樣寫

那就不是真正的我
原來所謂真正的我
就是我的執著嗎
智慧的劍我了解
砍下去會如何
是兩具屍體
或當下頓悟
神魂超拔於無窮的時空之中
於心不忍就是凡夫嗎
痛下殺手就是聖者嗎
見佛殺佛　見魔殺魔
這就是一念之間的三千大千世界嗎
我必須出來面對或埋首於玄牝之門
心中響起了道友小陸的話
只有兩個字
愚痴
一片漆黑中出現三團紅色的烈焰
是誰的獅子吼震撼了宇宙
斷 捨 離

送行林瑞明教授

當系主任的嘴形停留在
台灣有文學嗎？
他在歷史系裡面研究台灣文學
在台灣文學史裡面自己當詩人
在當詩人的時候評論小說
在當助教的時候勤於宿舍的抓老鼠的遊戲
抓到歷史系和建築系的大紅燈籠高高掛

在白色恐怖的時代
研究一點也不恐怖的文學家楊逵及賴和
當成大的教授們都感到恐怖的時代
這個不像詩人的詩人
對於被迫害
心裡一點也不恐怖

只有剛毅木訥
像個鄉下的老農夫
卻讓台灣文學在全世界露臉

知道他每週必須洗腎三次
我熱心的邀請他來練習靜坐和自發功
還送他一本因是子靜坐法
他說：你讓我有時間考慮一下
他所謂的一下
我也忘記總共等了多少年

放棄撰寫台灣文學史
以前心裡還會掙扎
現在不會了
這位參與締造成大台灣文學系的推手
這位創建國立台灣文學館的詩人如是說

然後呵呵呵的笑了起來
我聽了之後
感到一陣酸楚
久久不能自已
疑似後來被做掉的
成大文學院院長的寶座
究竟是怎麼一回事
到現在我也沒問他

狂風暴雨之下
我去台南神學院聽余杰演講
他對我說：你也來了
在成大共事三十三年
這是他對我說的
最後一句話

成大歷史系的老師林瑞明教授過世，享年六十八歲，民國一零七年，二月五日早上參加完告別式，特以此詩致哀。

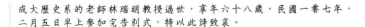

幻滅

你騙了我
依照你說的
上班時間
卻看不到人
撲了一個空
心裡破了好幾次的洞
甜美的笑容為甚麼會甜美
看不到的笑容為甚麼變成苦澀
甜美與苦澀到底存在著甚麼奧秘
難道那是叫做業力的東西嗎
或者是西方所謂的荷爾蒙
我所到底是我鎖還是你鎖
還是一無所有

白骨觀 不淨觀 內臟觀 惡毒觀
千奇百怪的各種觀
觀觀都很難過關
因緣所生法
我說即是空
甜美 苦澀 業力 荷爾蒙 我所 你鎖
佛陀捻花微笑
我瞬間消失無蹤
而你剎那幻滅

2019.04.28

你不要我了

因為你
我才明白
甚麼是婉轉的
伸展在郎君的膝蓋上
何處不需要憐愛呢

因為你
我才明白
甚麼是天地交泰
身心靈的融合

因為你
我才明白

因為你
我才明白
採陰補陽和採陽補陰是如此的吐納呼吸
前後抽送 左右搖擺 上下旋轉 九淺一深
猛龍與仙鶴交戰於洪荒之野
是精氣神氤氳的昇華之舞

因為你
我才明白
甚麼是連續七天
魂夢相繫
在和別人的做愛韻律中
浮現幻像
險險叫出你的名字

如今你不要我了
我才明白
盤古開天闢地是把混沌
硬生生劈成兩半
潑落鮮血成江河與大海
我是天 你是地
我們創造了生命共同體
但是我們只能相望
除了雲雨雷電和淚水
永遠不能再一次
再一次的結合為一體

2019.07.06

愛情

飛蛾撲火式的愛情
因為渴望光明與溫暖
把自己燒成灰燼

我也不想這樣
但是我一直在這樣做
這就叫做業障
楞嚴經楞頭楞腦的說
君愛我才 我憐汝色
生生世世 纏縛流轉

美女們
我告訴你
這是累生累世的因緣

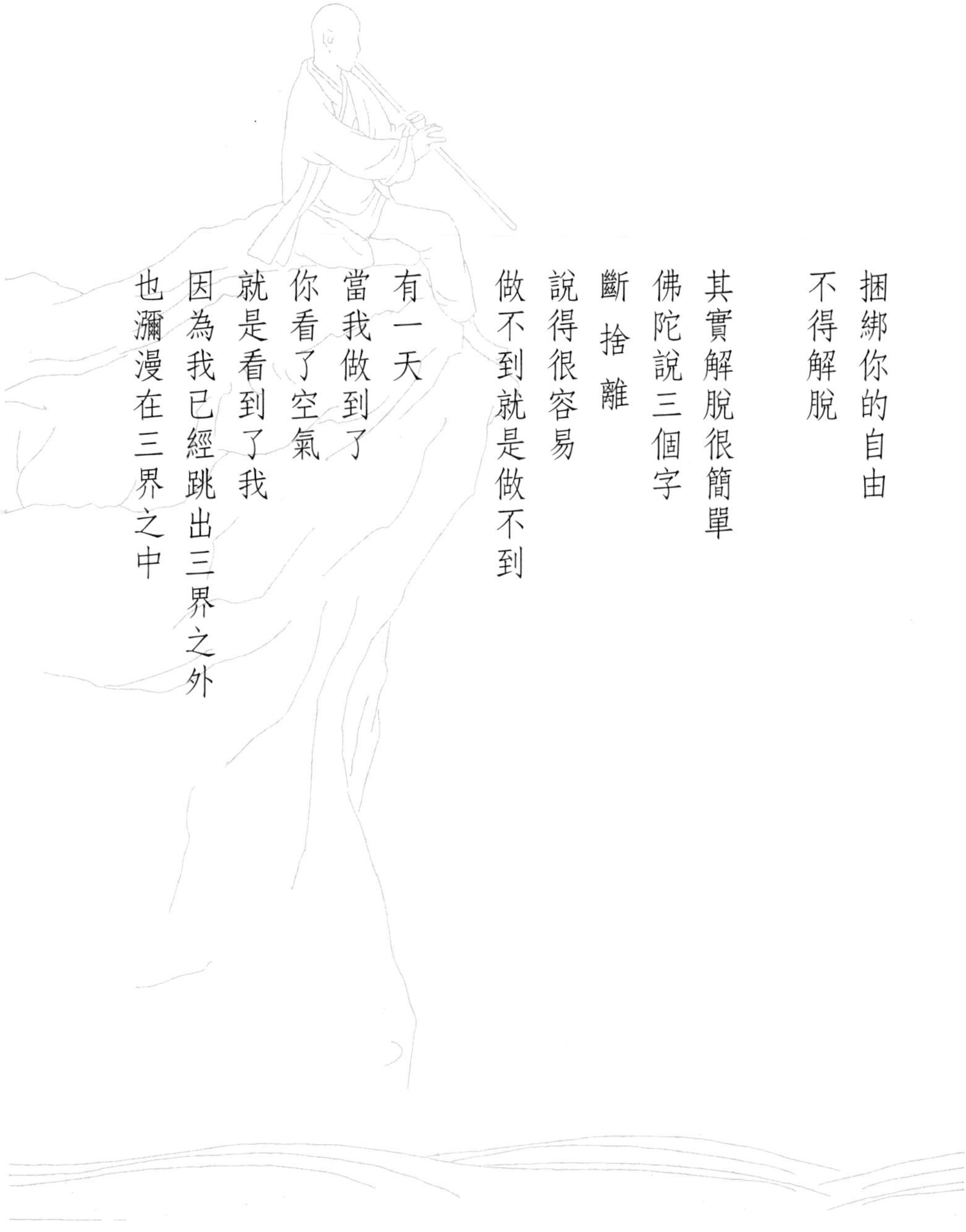

捆綁你的自由
不得解脫

其實解脫很簡單
佛陀說三個字
斷 捨 離
說得很容易
做不到就是做不到

有一天
當我做到了
你看了空氣
就是看到了我
因為我已經跳出三界之外
也瀰漫在三界之中

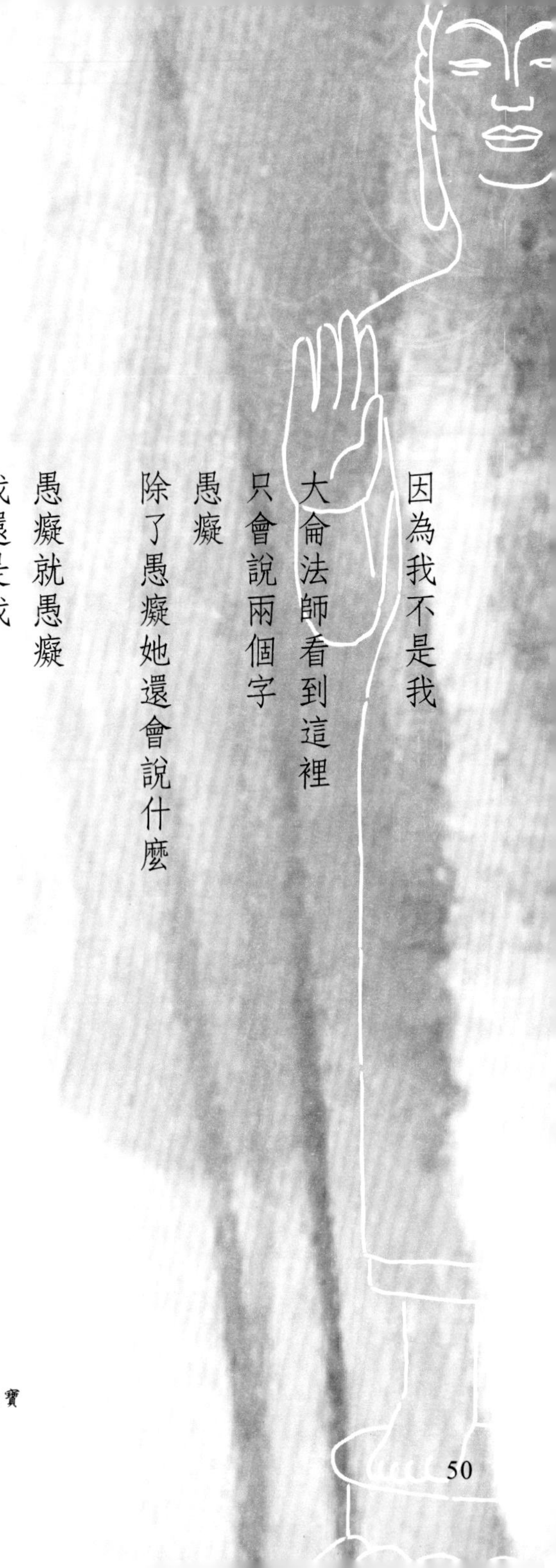

因為我不是我

大命法師看到這裡
只會說兩個字
愚癡
除了愚癡她還會說什麼

愚癡就愚癡
我還是我

從我到非我
從非我再到無我
到底我是誰
禪宗只有一個字

參

2019.07.10.凌晨2點.在青埔寓所宸宜進寶

女王的新衣

蔡英文根本沒有穿衣服
因為她穿的是女王的新衣
她向人民宣揚民主
然後自己親手把她摧毀
蔡英文根本沒有穿衣服
親愛的台灣公民們
你們看到了嗎
你們不敢看
還是看了不敢相信
難道你不相信自己的眼睛
卻相信女王的新衣
哈哈哈

2019.07.11

永生

公民們
不要怕中共的刑求
生命是火裡來 火裡去
燒成灰燼永遠不死
反得永生
聖戰士必得上天的恩寵與眷顧
邪惡必定被上天摧毀

2019.07.11

你是我生命中的光

原來是因為有你
那個咖啡館才變得美麗而有生機
這個沒有你的咖啡館
它匠心獨運的美麗
逐漸變得沒有空氣
喝下甜蜜的熱可可
慢慢快要不能呼吸
這是一個不正常的空氣
會讓正常人窒息
我當然知道
萬法唯心造
我說即是空
但是科學家說
這都是荷爾蒙的神奇
性愛荷爾蒙 多巴胺荷爾蒙 戀愛荷爾蒙
這些人類根本都無能為力

怪都怪那隻蛇和蘋果
引誘亞當和夏娃製造這個問題
只有上帝才能創造奇蹟
奇蹟就是光
奇蹟就是智慧與解脫
奇蹟就是愛與救贖
這不是秘密
只是人類習慣於把它忘記
只有智者不離不棄
與道合一
死亡和我靠得那麼的近
它和我之間
沒有隔著一道牆壁
我必將腐朽
化做一堆泥土與星星
和天地萬物結合為一體
我甚麼也沒帶走
卻留下一道光與真理
這一切都是因為有你

2019.07.22

詩人

詩人就是魔法師
說要有風就狂風怒號
說要有雨就豪雨滂沱
拿一根毛吹一口氣
百萬雄師捉對廝殺
搓一小撮土
移動高山傾倒大海
跺一個腳　山河震動
拈一朵花　大地春回
呼叫鬼神的名字　鬼哭神笑
帝王將相　美女富豪　士農工商
所有人物的生死輪迴離合悲歡
要怎麼編就怎麼編

要怎麼捏就怎麼捏
都逃不出詩人的指掌之間
在真實的世界創造魔幻
在魔幻的世界創造真實
在真真假假中　顯示創造的奧秘
只有上帝知道其中的玄機
凡夫俗子呆頭呆腦
只會嘲笑詩人白癡
不知道有神聖的瘋狂
不知道自己與道乖張

2019.07.26

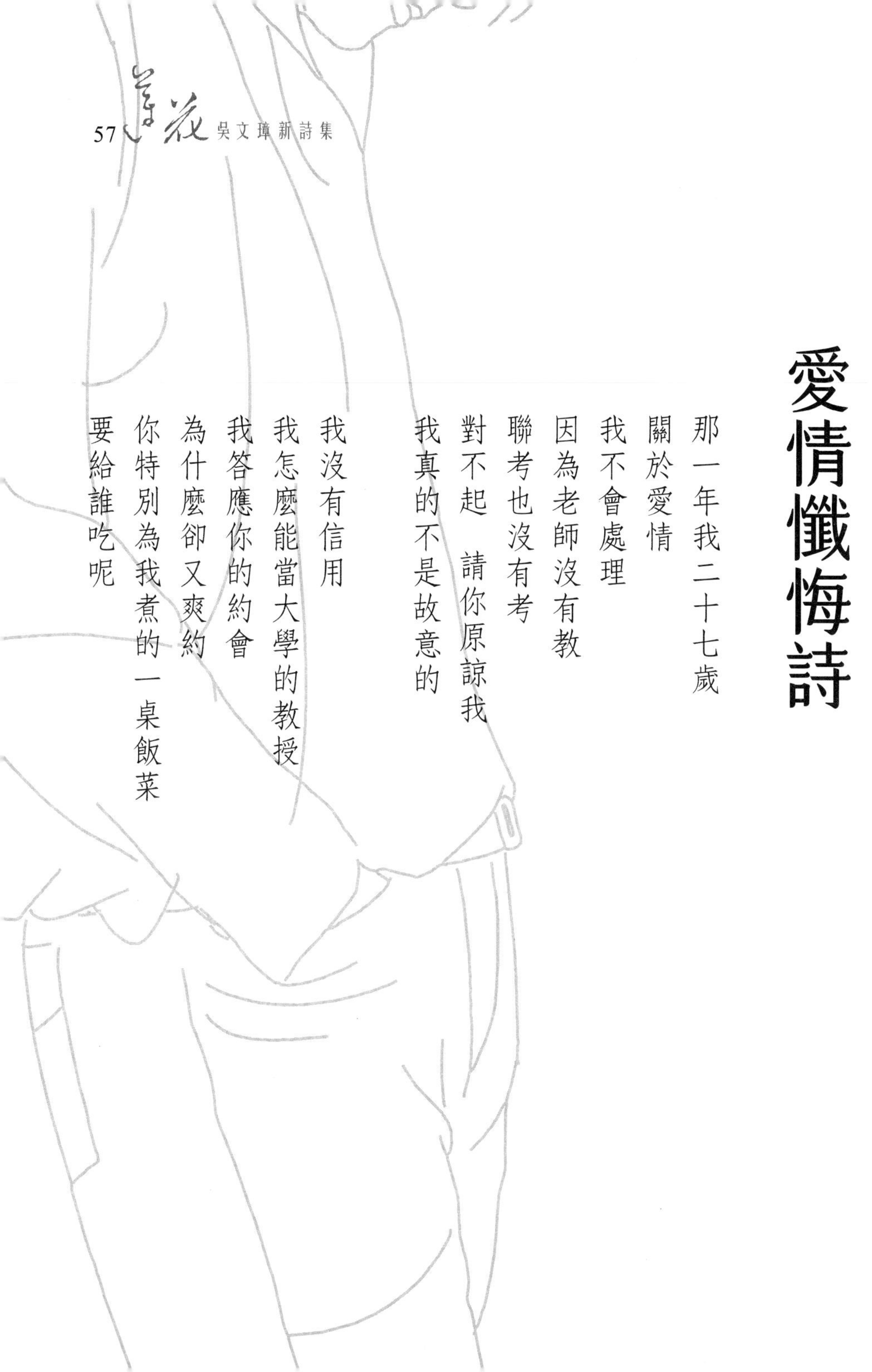

愛情懺悔詩

那一年我二十七歲
關於愛情
我不會處理
因為老師沒有教
聯考也沒有考
對不起　請你原諒我
我真的不是故意的

我沒有信用
我怎麼能當大學的教授
我答應你的約會
為什麼卻又爽約
你特別為我煮的一桌飯菜
要給誰吃呢

電話那頭傳來你責備的聲音
我聽到的卻是
銳利的刀子刺向柔軟的心窩
噗的一聲
紅色的血液滴滴答答的落在地板
是你的地板
還是我的

結婚是我們兩個人的事
還是兩個家族的事
或是關乎將來嬰兒的事
其實在恐懼的面前
我已經先一步蛻變成
一個受到驚嚇的嬰兒
我不再是一個雄壯威武
能保護你的

男子漢大丈夫
什麼是埋兒
我滿腔的熱情渴望著與你結合
美女與帥哥的匹配
是人類亙古以來的心願
我們也是這樣
但是算命先生欲言又止的苦衷
讓希望天崩地裂的破滅

那一年我二十七歲
關於愛情
我不會處理
因為老師沒有教
聯考也沒有考
對不起 請你原諒我
我真的不是故意的

2019.08.13.

迷惑與開悟

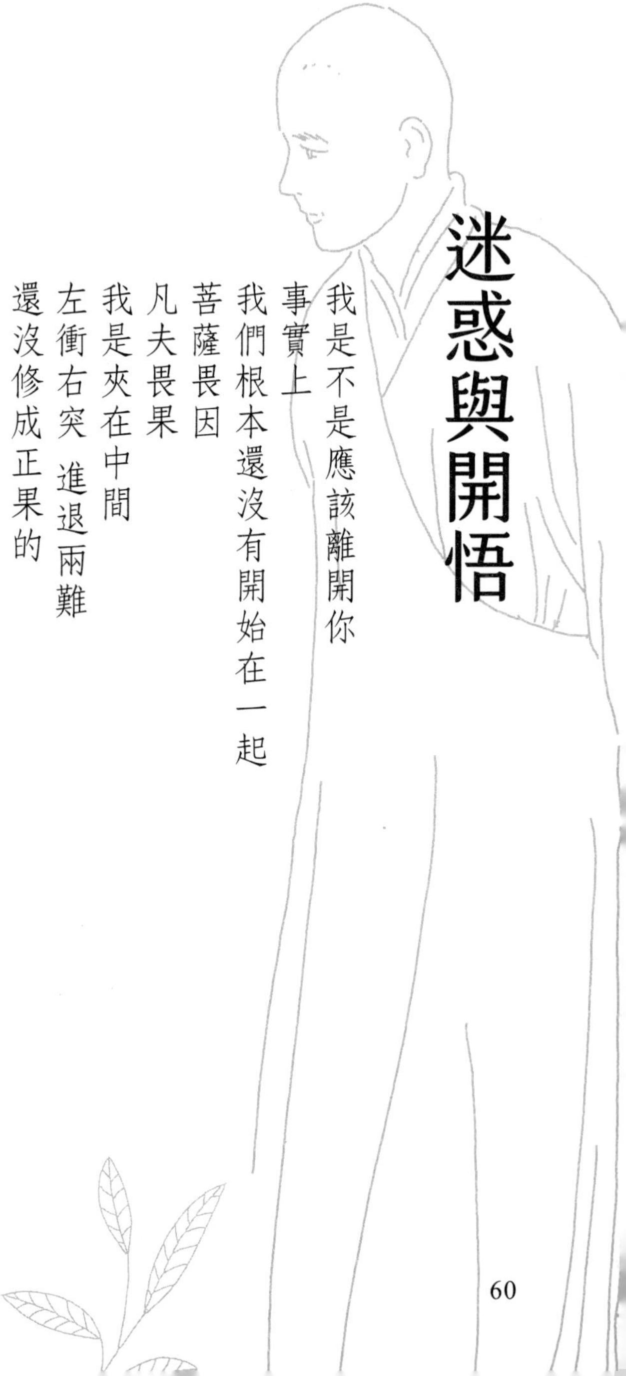

我是不是應該離開你
事實上
我們根本還沒有開始在一起
菩薩畏因
凡夫畏果
我是夾在中間
左衝右突 進退兩難
還沒修成正果的
修行人

你的青春美麗
震撼我的心靈
然而這是空的
你巧笑悅耳的聲音
令我心旋動搖
這也是空的

你費洛蒙的體香
散發蘭花和麝香的氣息
這當然是空的
你丁香如蛇的甜蜜鑽動
這更是空的

那豐滿沉醉的擁抱
確定是假的
你的款款深情
只是因緣和合
拆掉前提與假設
所有的若且唯若
煙消雲散
沒有一個是實相
所謂的美女
只是一具骷髏
掛上肌肉
配上神經系統和淋巴腺

裝置五臟六腑
加上血液和電流
皮膚塗上各種品牌的化妝品
吹一口氣 活跳跳的
眼波流轉 千嬌百媚
雲鬢秀髮 姿態橫生
你變成艷光四射
勾魂攝魄的美魔女

不是沒有幻化的人
幻化的人不是真人
半推半就恣意享樂的
是你的執著
還是我的業力
或者本來就是空無一物
所有的眾生和宇宙光年
只是氣功態的幻象
光熱電磁交織而成的化學物質
滋滋作響

2019.9.19.

永恆的微笑

想著你的影像
讓自己甜蜜的入睡
這是不是應該戒除了
因為不可有一念受樂
尤其是不該享有的快樂
就像戒除成癮的嗎啡一樣
忍受戒斷的痛苦
抽慉 發抖 流淚 流鼻水 忽冷忽熱 頭痛 胸悶
呻吟 哀嚎 劇烈的跳躍
然後就可以進入
不苦不樂的
禪定的境界
當然
這只是我的想像
活在想像中
可以脫離痛苦

夢鄉沒有煩惱
也沒有副作用
連我也不見了
那你在那裏呢
是不是也和我一樣不見了
在那個恍兮惚兮的
不可知的世界裏
沒有你也沒有我
只有道與天地同在
原來道是我的救命仙丹
否則我已經瘋狂了
想不到愛情會使人瘋狂
今夜我才真正的見識到了
愛情中藏著欲望
欲望中藏著愛情
我要厭離它們
雲霧繚繞中
找到真正的自我
永恒的微笑
就像太陽掛在虛無的空中

2019.9.21

我為你寫了五首詩

我不知道為什麼
我只知道這是從
身心靈中發出的一股力量
驅策著我向你移動
我無法阻止
雖然我一再地努力
一再地失敗之後
詩就這樣誕生了
而且累積了五首
沒錯
詩是我寫的
罪證確鑿
但是我要輕輕的說

請你原諒
希望我沒有冒犯了你
更希望你沒有受到驚嚇
前世我們認識嗎
為什麼這樣熟悉的感覺啊
你的眼神 聲音 笑容
呼吸時全身微細的震顫
這個頻率引起我神經系統的共鳴
你是我前世的情人嗎
我不知道
我只知道
今世你是我生命中的光
我經年累月準備的能量
沒有你是無法點燃的
當然

我渴望著的是靈魂的自由
你是我靈魂探險的伴侶嗎
發乎情 止乎禮
孔子的教訓我沒有忘記
雖然我們彼此相望
靠得那麼的近
就像牛郎星與織女星
他們的深情
永遠隔著一條燦爛的銀河
而這發光發熱點亮黑夜的功績
也贏得人們千年的讚歎
幸福是沒有文字的詩
不知不覺中
這是第六首了

2019.9.26.

如果

如果為你寫詩是我的罪
我願意接受懲罰
被釘在十字架
用死亡昭告天下
我罪不可赦
我不會大喊
我的上帝啊
你為什麼拋棄了我
我會認罪
我會在痛苦中帶著滿足的微笑
飛揚的老鷹啊
你會啄瞎我的雙眼嗎
等我流完最後一滴血
嚥下最後一口氣
我必定會死亡

七天之後我必定會復活
與你一起追求我們的理想
然後攜手升天
那是我們相逢並回歸的地方
殉情與殉道
是我無怨無悔的生命本色
唯大英雄能本色
是真名士始風流
對於你
我只有全心全意的相信
付出白百分之一百的愛與包容
你有你的路可以選擇
我沒有任何的強求
當然
如果只是如果
如果不等於真實
真實是不可知的

2019.10.13

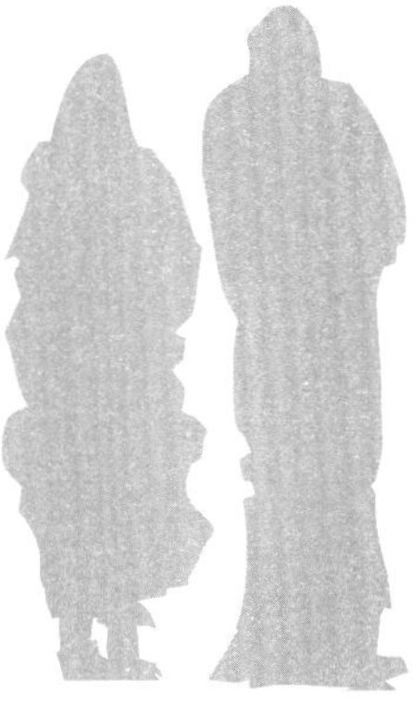

浪漫

追求浪漫的愛情
就像用雙手
緊緊抓住天空中美麗的彩虹
張開手什麼也沒有

2019.10.13

虛無

生命就像一道光
我們迎面擦身而過
回眸的瞬間
爆發燦爛的火花
照亮整個黑夜的天空
然後消失無蹤
你會認出我嗎
我還記得你哪
你的前世記憶
難道燒毀了嗎
或者是你假裝忘記
你的諾言都是用手指頭
寫在藍色的大海嗎

2019.10.2

下次的相逢
又是多少次的
輪迴轉世之後了
在你的歡笑和淚水之間
我的音容笑貌
來來去去
從虛無中我走進你的世界
然後你走出了我的生命
回歸虛無

密碼

我站在岸邊
心中淚如雨下
望著急流船上的你
冷陌的飛離而去
下輩子的重逢
記住我的密碼
只有達文西知道

2019.10.11

闖蕩

我要感謝你
如果不是因為你
我不會寫下那些美麗的詩篇
但是詩篇只是糟粕
重點是我們悠然神往的時光
難道你的諾言都已經遺忘
我們的約定就像用水寫在牆壁上
醒來吧
請你醒來吧
沉睡的你請你醒來吧
我撕心裂肺的呼喊
跪下來求求你
你有聽見嗎
如果你的內心沒有強烈的渴望

妳的眼神不會閃閃發光
如果你的靈魂沒有快樂的嚮往
沒有任何力量可以把你勉強
愛情是靈魂的仙丹也是對逍遙遊的捆綁
被你遺忘也可以不必頹喪
就像玉山積雪的清風
吹過情感和欲望的
天羅地網
漫漫長夜
痛哭流涕之後
星河稀微
乍現的紫氣晨光中
神清氣爽的我
毫髮無傷
上山下海蠻荒叢林自由的闖蕩

2019.10.13

仙人指路

細微的雲霧繚繞
甚至你看不到它的存在
空氣充滿清爽的能量
這是熟悉的仙界
茁壯古樸的樟樹一棵
恣意的向天空伸展
樹旁
擺放幾張桌椅
周圍有山的稜線多條
長滿了芒果樹的坡地
在我腳下左右兩邊延伸
沒有人
只有我享受著天地山樹的靈氣
但是我已經忘記
正確的路線
仙人啊
你要幫我指路嗎

只有達文西知道

今年寫了好幾首情詩
覺得自己可以死得毫無遺憾了
如果有更多的死而無憾的作品可以繼續的寫
就像春蠶到死絲方盡
那樣會更好
一切順從上天的安排
恐懼與妄想是沒有用的
我需要你的幫助
不要離開我
這是密碼
只有達文西知道

2019.10.1

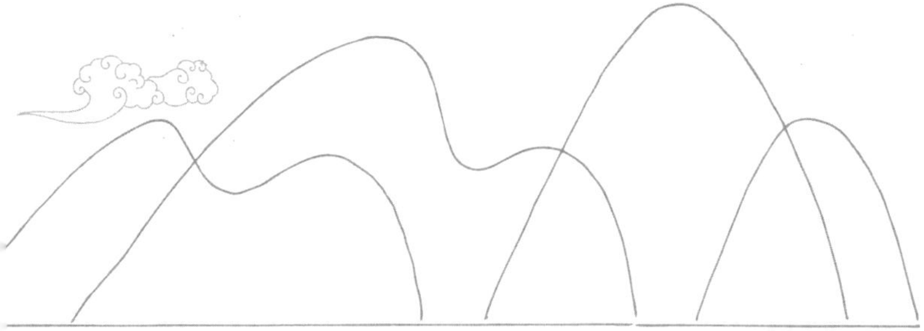

不老溫泉

不老溫泉
泡湯之後會使人青春不老
二十年前的黑夜
從寶來驚心動魄的蜿蜒山路
有人虔誠誦唸觀世音菩薩
終於平安的開車與你初次見面
二十年之後我和太太又回來了
荖濃溪的水聲颯颯
層層翠綠的山巒閃閃
空氣清爽恍如昨日
沒有跟路的兒女
無中生有
轉眼也19+1歲了
只是下探溪谷的小徑不見了
從寶來的山路也斷了
然而有你真好
讓我們永遠青春不老

2019.10.14

飛行

南部橫貫公路梅蘭的街道在兩山之間
睡在汽車內的我
凌晨薄霧
走在無人的路上
驚訝於這種空氣
使人飄飄欲仙
喚醒兒時的感覺
世界都會發光
我也會在空中
隨心 所欲的飛行
上上下下
左左右右

2019.10.17

谷神崇拜

我是一條魚
拼命的游過崇山峻嶺
懸崖峭壁
歷盡艱辛遍體鱗傷
也一定要游到你的兩股之間
因為這是我誕生和遠遊的起點
也是我返鄉、死亡和復活的終點
只有這裏的潺潺水聲
才能使我安息與重生
這是生命的朝聖和膜拜之禮

2019.10.17

卡片

我的心裏在哭泣
就像六月滂沱的大雨
這和癡情的白娘娘沒有關係
雖然他也是被薄情郎許仙所拋棄
難道你的心裏住著一個法海大和尚
這個不懂浪漫為何物的
大光頭
所以你拒絕我送給你一張小小的生日卡片
這不是用大卡車來騙人的大卡騙
這是一片溫暖馨香滿滿懷抱的祝福
用顫抖的心
只有悄悄地
輕輕地放在你的心上
無聲無息送給你一個人

2019.10.18

民主香港中國夢

有這麼難嗎
香港人民要選出代表自己的立法議員
要選出代表自己的特區首長
為什麼中國政府就是不准香港人民雙普選
硬是要由北京政府指定 操控 做手腳
做出不代表民意的立法議員
做出不代表民意的特區首長
黨意硬是要霸凌民意
黨軍 黨政府 公安 國安 武警 檢察院 法院
特工 城管 黑幫 黨組織
騎在中國人民的頭上 無法無天 作威作福
做人民的父母 愛怎麼幹就怎麼幹
黨國國慶七十年了
九七香港回歸 五十年不變
馬照跑 舞照跳
跳票 跳跳票 跳跳跳跳跳票

黨軍 港府 港警 假港警 真公安 真武警 真國安 真特工
真黑幫 真地下黨員兼高官
騎在香港人民的頭上 無法無天 作威作福 做人民的父母
愛怎麼幹就怎麼幹
你敢反送中
管你二十萬 五十萬 一佰萬 兩百萬 幾百個萬
管你 一個月 兩個月 三個月 四個月 幾百個月
催淚瓦斯 藍色噴水柱
橡皮子彈 警棍 手槍 布袋彈 裝甲車 水砲車
驅離 驅離 驅離
逮捕 逮捕 逮捕
緊急法 反蒙面法 各種即將出台的惡法
情況如果惡化
特首還要考慮請求祖國出兵平亂
香港人民和平 理性 非暴力的示威遊行
被污名化 被誣賴暴力化 被栽贓化 被打斷手臂化 被刑求
被性侵 被輪姦 被刀侵 被失蹤 被羈押 被跳樓 被分屍 被
跳海

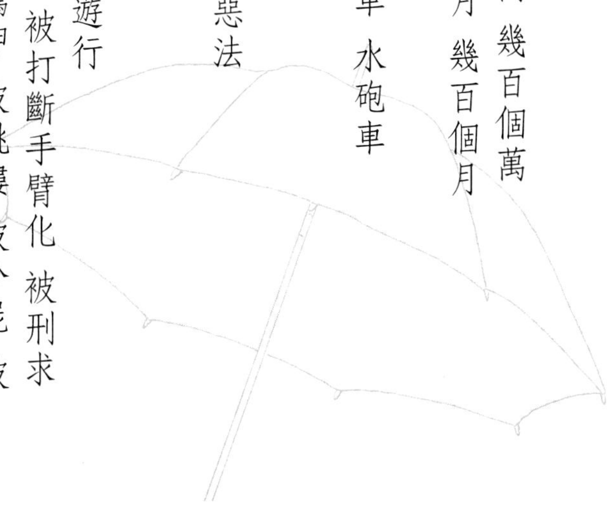

被被被————
香港回歸祖國二十二年了噢
就是要一國兩制
做給台灣看
就是要打倒美國帝國主義
就是要一切聽黨的話
就是要一切跟著黨走
就是要中國夢
就是要一帶一路
就是要中華民族偉大的復興
台灣的公民們
你看到了嗎
黨就是上帝 就是救世主 就是皇帝 就是法律 就是科學家
就是資本家 就是慈善家 就是羅賓漢————
黨就是無所不能
黨就是魔鬼 黨就是地獄
黨就是強盜 黨就是流氓 黨就是惡棍 黨就是騙子 黨就是
強奸犯 黨就是軍閥 黨就是恐怖份子 黨就是帝國主義黨

就是無惡不做——
黨就是神魔夾雜
黨就是善惡亂混
黨就是自本自根為所欲為
要不然你要怎樣
普天之下莫非王土 率土之濱莫非王臣
順黨者生 逆黨者亡
雖遠必誅
就這麼簡單
你必須相信黨一切都是為了你好
一切為了國家 一切為了民族 一切都是為了人類
你必須服從 懺悔 交心 懺顫抖 交出一切財產 奉獻身
心靈
粉身碎骨 赴湯蹈火在所不惜
黨不會虧待你的
就算是貪官污吏 反革命
黨在鬥爭之後
照樣是寬大為懷的

就像關於香港問題的中英聯合聲明一樣
黨絕對不會說謊
黨要關門打自己的狗
黨要關門虐殺自己的小孩
管它什麼基本人權
管它什麼普世價值
任何外國不得干涉中國內政
黨是天不怕 地不怕 只怕人民造反亂講話
你要言論自由
黨要七不講
你要民主
黨要不准妄議中央
妄想顛覆國家的致命性的敵人
不在國外而是潛伏在國內
你要維權 黨要維穩
所以維穩壓倒一切
香港和內地都要一體化
維穩經費壓倒國防軍費

具有中國特色的社會主義的市場經濟
這就是真正的民主香港
這就是真正的民主中國
這是歷史的必然
包括香港人民在內的所有的中國人民
永遠偉大 光榮 正確
這不是瘋狂
這是黨不忘初心
打倒萬惡的帝國主義
打倒萬惡的資本主義
國企進 民企退
搞活人民公社 吃大鍋飯
西安以東全毀
也要打贏中美核子大戰
中國人民吃草也能活三年
黨沒有在怕
黨必定領導全人類取得最後的勝利
建立共產主義的人間天堂
黨絕對沒有瘋狂

二寮觀日出

四點十七分由成大出發
兩個小孩仍在睡夢中
我和太太六點到達左鎮二寮里
雲霧和山巒層層疊疊
這是仙人喜歡住的地方
空氣甜美得馨香醒腦
觀景台有一整排的人在欄桿邊守候
流動廁所乾淨整潔
裡裡外外還有可愛的的台灣熊和人形圖案
旁邊有精心設計的西拉雅風景區地圖
蜿蜒的柏油山路
有接二連三的慢跑者
老老少少的單車騎士

有的從我的左手邊
或是從我的右手邊
在山坡上上下下彎來彎去
不把危險當一回事
我們在觀景台
或練自發功以舞步自由遨翔
或散步以自得其樂
一群婆婆媽媽在邊看日出邊聊天
除了失眠就是頭痛和腰酸背痛的養生經驗交流
太陽在雲端終於出來了
此起彼落的讚歎聲
取景的手機和相機沿著欄桿忙起來了
有人說
看得眼睛都花掉了

2019.10.27

開車在單行道的狹窄的山路
會車 觀景 找路 探險
經過土崎 龍崎 到關廟市區
一路人車稀少
柏油路面狀況出奇地好
從仙境回落紅塵滾滾
在十字路口的85度c
喝英國熱紅茶配
黑森林蛋糕+丹麥波羅麵包
在早晨的陽光中
車回成大中正堂的停車場
回到家裏剛好早上九點
兩個唸大學的小孩還在睡夢中

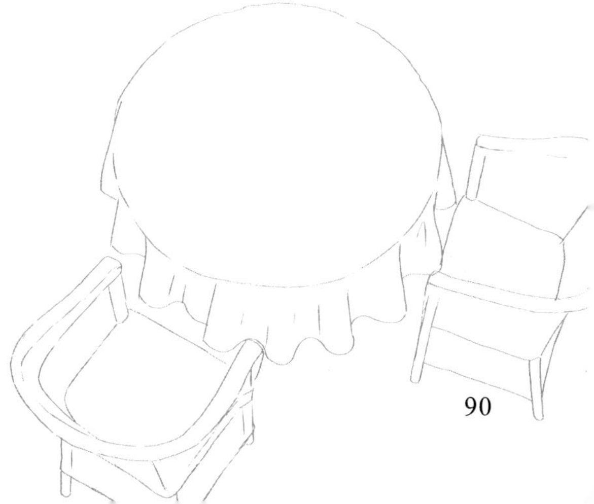

悼念朱湘

詩人
一個悲劇性的詩人
從小父母雙亡被兄長以老拳
餵飽養大成人
以優異的成績和寫詩的才華
進入清華大學大放光彩
是學生中的風雲人物
名列清華四子
反抗清華大學的早點名制度
鄙視清大的學生只知追求分數
不知道真善美是什麼
是校方眼中的的麻煩製造者
被記大過退學
愛惜人才的校方

為了忠於大學的理想
又懇請他復學
一生創作不偷懶
累積血淚交織的四本詩集
有的甚至是
自殺之後才出版

留學美國
因為抗議不公不義而
流浪在許多名校中
從勞倫斯大學 芝加大學到俄亥俄大學
連文憑也泡湯

他們是清朝的官二代
被情同兄弟的雙方父親
慈愛的指腹為婚
自由戀愛與封建的禮教

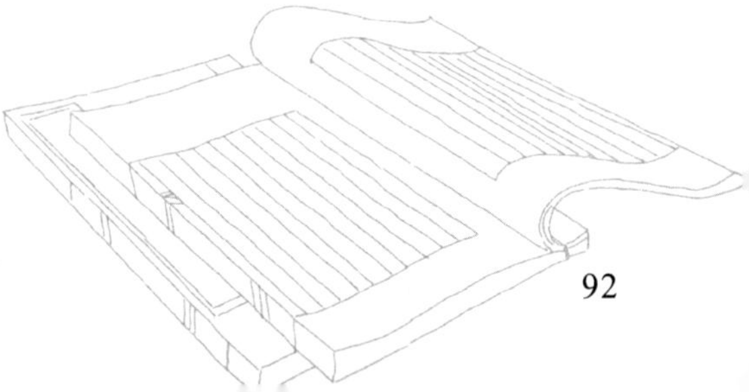

在身心靈掙扎與衝突
朱湘糾纏著劉霓君
劉霓君追逐著朱湘
分分合合吵吵鬧鬧恩恩怨怨
他以無限的熱情創作詩歌
太太以現實的生活壓力
極力反對
甚至撕毀詩稿
甜蜜的家庭戰場
成為三個兒女的坎坷舞台
最年幼的最快凋謝了

用太太打工賺的錢
留學歸國的朱湘
在異國
曾經編織了許多溫馨感人的家書

他是人生勝利組
安徽大學的英文系系主任
他挑戰校長的威權絕不妥協
以職務被斷送為代價
在神州大地落魄的
飄浮行吟
捧著海涅的詩稿
創作自己的詩歌
他被魯迅譽為中國的濟慈
驕傲自信的
在戰火中要用稿費維生
連累妻子和兒女貧病交迫
用完太太打工和借來的錢
帶著詩作
拿著酒瓶
拖著腦充血的病體
從長江的渡輪跳下

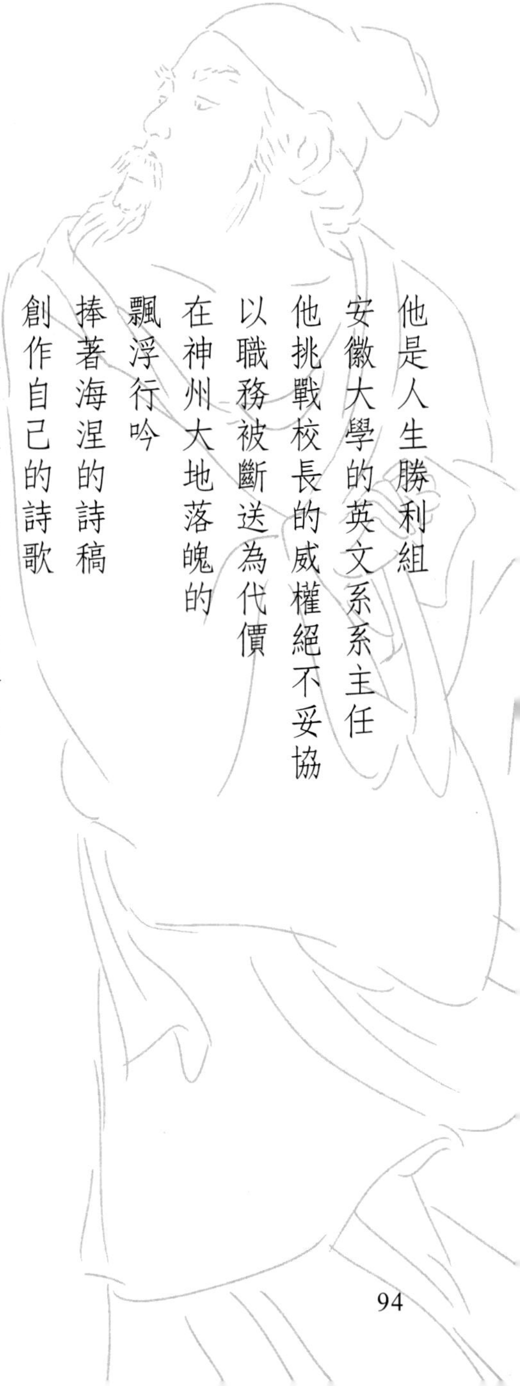

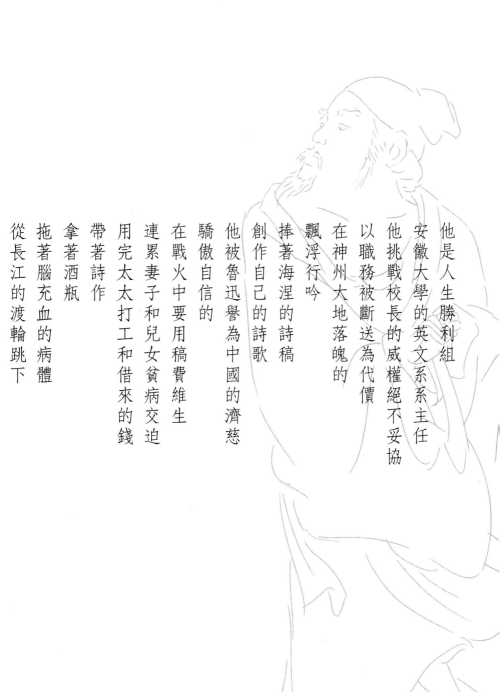

南京的采石磯
走向屈原最後的路程
激起世人驚歎痛惜的水花
天才詩人的下場
愛情與麵包
家庭與國運
正義 人格 與尊嚴
一起消失在人間
歲次在國二十二年
享壽二十九
丰神秀麗 氣韻嫻雅
天上璀璨的巨星
就是詩人的靈魂
活躍在詩集裡
閃閃發光
永遠不會殞落

2019 .11.02.寫作 2020.05.04.修訂
恰逢五四新文化運動101週年紀念日

蓮花

你像一朵蓮花突出自我
倒影在乾乾淨淨的水面
光彩相映
我只能在心中讚嘆
卻無法親近
是你來得太晚
還是我生得太早
也許我們不應該相遇
因為我不是絕世的英雄
不能擦出火花
我只能扮演污泥的角色
讓我的心沉澱成清澈見底的水池
襯託出你純潔無瑕的風華
除了天上
這不是人間所能擁有的芳澤

2020.04.11.寫於由台南北上的自強號列車

你的一根頭髮

電腦桌上
我發現了一根黑色的長頭髮
除了你還有誰呢
我不相信這是你故意留下來的
難道這是我自己的頭髮嗎？
這不可能
我的頭髮沒那麼長
頭髮是身外之物
它的結構式
讓它幾乎可以永垂不朽
我們之間需要永垂不朽嗎

我故意置之不理
找不到的時候卻躁動不安
為了避免一再的擔心害怕
於是把它裝進一個透明的塑膠盒

讓它逃也逃不掉了
有一天發現密封的盒子裡
上下左右三百六十度的翻轉
它不見了
直到它奇蹟一般的出現
我驚喜的看見黑暗中的曙光
多麼細致優雅而柔美
那黑色曲折的光澤
我祈禱著 你要想我 愛我 不要拋棄我
想像有甚麼愛情魔法呢
密宗的愛情神咒
咕嚕咕咧紅佛母心咒
幻想著中陰身結合為一體
道教的愛情大法
天靈靈 地靈靈 急急如律令
天地陰陽交歡大樂賦
其實這些我都做不來
只有想著你的形相
眼耳鼻舌身意
色聲香味觸法

閉上眼睛貼近心靈的感覺
抿唇微笑
就只有這樣了
你有接收到我傳達的頻率嗎？
太陽昇起又落了下來
不知不覺中我把你忘記了
我想你的心中早就沒有我了
否則怎麼都沒有像以前那樣
不期而遇呢？
那燦爛的笑容和甜美的聲音
都去那裡了呢？
就像春夏秋冬
一切都自然而然
成大的校園中
萬物不斷的消滅
也不斷的創生
沒有開始也沒有結束
我們的故事也是這樣
你有聽到我靈魂啜泣的聲音嗎？

分手

眼神不再交集
心跳不再一致
呼吸不再和諧
靈魂不再共鳴
說話搭不起橋樑
氣沒有頻率的感通
身體排斥
情緒厭惡
兩個生命之間失去動力
停擺
像兩具活僵屍

2020.04

我的夢

我的夢因為你而得到實現的動力
雖然你已經拋棄了我
也不把我的夢想當做一回事
但是你那純潔善良高尚的情操
充滿了我的心
讓這輛在沙漠奔馳的越野車
知道我並不寂寞
因為你說了很多次
斬釘截鐵的說
喜歡閃靈的人很多
喜歡鄭南榕的人很多
不是像我所說的很少
你指著電腦裡播放的歌

2020.04

灰燼

這是你特別為我準備的
我終於從門外走進了
熊熊的烈火
不害怕把自己燒成一團火球
在眾人的灰燼中
我寧可把自己燒成閃亮的鑽石
單腳下跪
用雙手呈獻在你的面前
用愛慕的眼光祈求你的接納
也許還是得不到你的歡心
只換來不屑一顧拒絕的手
但這是我能夠做到的最好的了
那是我一顆鮮紅顫抖的心

2020.03.13.

霸王級寒流在台南

以前總覺得15度C的寒流
已經很冷了
在司馬庫斯曾經一個人
睡到十一度C的寒夜
山上有整群的神木相陪
目前台南的氣溫是七度C
我的棉被整晚都在下雪
我用洋蔥包裹式的衣物抗寒
似睡非睡
衣服和棉被都不見了
只剩下皮膚的涼感飄浮在空中
像是羽毛一般
每天凌晨四，五點的練功運動
都是生死的搏鬥
生如花開
死如花謝
仙人沒有來
也沒有去
當下即是

2021.01.09.am5:45

老了就沒有用

老了就沒有用
沒有用，發揮他的大用。
例如給年輕人有表現的職位。
給子女盡孝或不孝的機會。
把成功的經驗或失敗的經驗傳承給後代參考。
讓醫院有錢賺，讓葬儀社有工作。
身心靈回歸天地之間參予新的創造

2020.08.16.

夢之湖

台南的私密景點
是欣憓看網路熱心推薦的
停車之後要走起伏的山路
四十分鐘
開車的話比較快
但是一路相當凶險
這是我上次來的驚艷
差點沒嚇壞了太太和女兒
層層的山峰夾著碧綠的湖水
狂風怒號 烏雲重垂
整座連綿不斷的山水震動共鳴
好像是世界末日
可望不可即的湖就在前面
緊急撤退事後證明是正確的

磚造民房圍成狹窄的十字路口
兩車對撞只差幾公分
往上衝左轉的是我的車
往下衝右轉的是對方的車
脫困在高速公路滂沱大雨中
眾口慶幸逃過一劫

今天日麗風和
高高的竹林叢生在湖邊
只有幾戶人家
幾輛轎車和機車
兩三個人走動
一個人在烈日下釣魚
運動帽和長袖運動服
很難想像以前高中的我
也是這樣在基隆海邊釣魚

如此的耐熱

公雞啼叫
竹子在風中嘎嘎作響
水色在陽光下鱗鱗多變色
遠處有鳥在叫
身邊有蟲鳴
一個人
煩惱隨清風飄揚
仙人就是這樣吧！
不過仙人不食人間煙火
我中午吃了草莓夾心麵包
喝了自己帶的
保溫瓶的冷開水

2019.10.11

喜鵲詩回應庾信的七夕詩

牛郎和織女
不要不好意思
踏過我們的身體吧
為了成全你們的愛情
我們甘願做橋
把嬌貴的羽翼
串連成剛硬的光石
踩也踩不壞
蹭也蹭不痛
只有柔軟的心
和你們的情
互相輝映在
銀河的一片光流

2019.10.11

不要恨我

不要恨我
請你不要恨我
是你先不要我的
我是堂堂的縣令
你是酒樓的歌姬
你婉轉動聽的歌聲
傳達善良聖潔的情操
震動我的心絃
我的理想與志業
只有你懂
應聘朝廷的徵召
我將赴京就任
為什麼你不跟我走
難道我不值得你託付終身嗎
還是你另有別的愛人
如果都不是

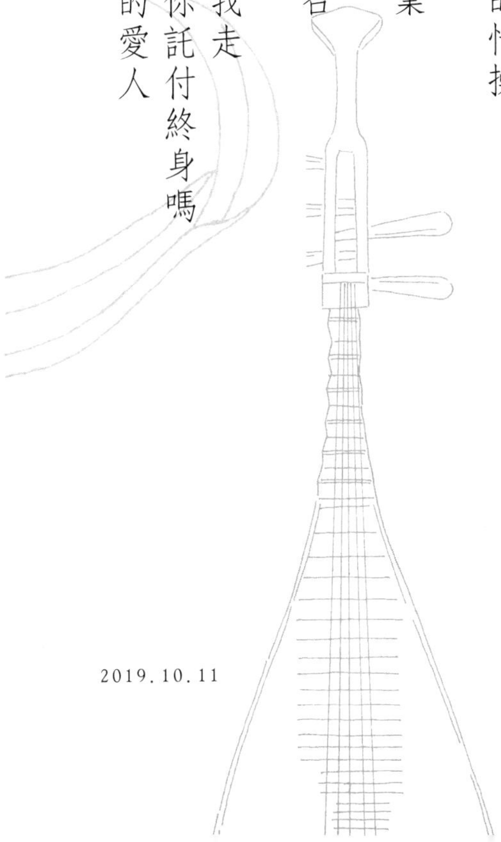

2019.10.11

為什麼你要放我一個人孤孤單單的
投身虎豹豺狼張牙舞爪的
人間地獄
江湖險惡 人心難測 是非不明 禍福萬端
你怎麼捨得我跳入火坑
拯救天下蒼生不也是你的心願嗎
難道是你騙了我
叛徒是你還是我
等到我們多年之後的重逢
兒女成群的嬉鬧中
你我交會的眼神
出現過甚麼火花
是愛恨交織嗎
還是無可奈何
或者後悔都來不及
青梅竹馬
沒錯
我們是青梅竹馬

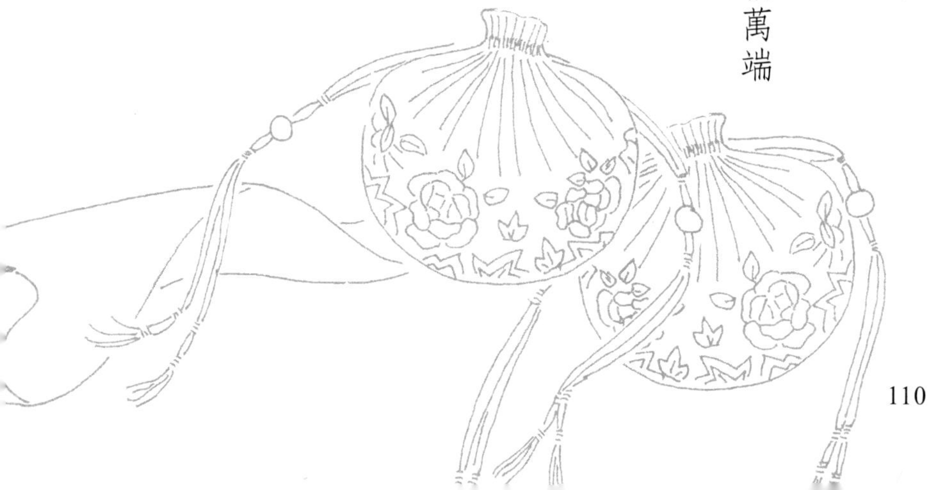

但是我怎能接受你的愛呢
我的親哥哥更適合你
我不能背叛兄弟的感情
我不能搶奪不屬於我的愛情
婚禮中你哀怨的眼神
刺傷了我
我的心四分五裂
痛苦的鮮血中出現那前世的畫面
那個被愛人拋棄的魯蛇
不要叫我教授
我不是會叫的野獸
我是那個我不認識的我
不要恨我
請你不要恨我
我是成功湖上的一陣清風
吹過全身透明的你
消失無蹤
有人聽到哭泣的聲音嗎？

2020.09.13.

聖人模式

若是一切轉眼成空
我們的相愛又算什麼呢
是人體電流的交會
是天地熱能的互補
是萬有引力的奧秘
是人類心智的契合
是動物交換體液的本能
是光的重疊掩映
是宇宙無明的衝動
還是生命本身
莊嚴永續的欲望
生生滅滅是寂滅還是永生
既然已經認識了射精的快感
與生理運作的機制
又何必勞累美女的身心靈
因為聖人模式只有空虛與後悔
甚麼也沒有

2020.08.15.

沒有了

既然已經認識了情愛的滋味
又何必勞累美女的身心呢
讓靈魂自由
像吹過宇宙的清風
沒有三界
沒有冤親債主
沒有六道輪迴
只有涅槃寂靜
甚至連涅槃
也不見了

2020.08.04

木筏Q版

美女的臉在一片的黑暗中
化作一道光
像燦爛盛開的花
從你閃閃發亮的眼神
我知道這是你特別為我一個人
綻放心靈的喜悅
這天真純潔的頻率
我信息的網絡都接收到了
存在我的阿拉耶識
也不知道是幾百年或幾千年的資訊了
被調閱出來兩相印合
空中傳來一陣的聲音
不要見我　不要異我　不要我相

不要攝心住　心不要隨轉
不要我所　不要我取
就不會有恐懼　憂悲苦惱
世尊
這就是你要教我的功課嗎？
太難了　很多人看不懂
世尊
這就是你渡過苦海的木筏嗎？
世尊
愚癡凡夫如我
也可以做到像你這樣嗎？
世尊拈花微笑
比一個手勢
Ye！

2020.06.23.

我為你死了兩次

我為你死了兩次
這是我們第六世的相逢
第一世我是驍勇善戰的武將
你是嬌美的女醫師
浴血殺出重圍的弟兄和我
傷痕累累
是你纖纖出素手
悉心包紮調藥
痊癒之後的我們
對你感激不盡
我也贏得你的愛慕
約好戰勝之後我們必定重逢
想不到我遍訪大江南北
帶著勝利的豐功偉業

卻無法找到你們行醫天下的父女
我知道 是我 是遲到的我
辜負了癡癡等待的你
第二世你是小妹妹
從小黏著鄰居的大哥哥
像穿花的蝴蝶
繞著盛開的繁花
翩翩起舞 嬌靨迷人
我身在福中不知福
嫌煩嫌膩
直到你遠嫁他方
才感到自責與後悔
第三世你是我好友的表妹
承蒙你給我愛的信物
倍感珍惜的我
答應獲取功名之後

一定會回來
迎娶你
用榮華富貴報答你的知遇之情
三年之後 又是三年 無邊無盡的三年
年華老去的你
望斷天涯路
等我踏上歸途
你已經消失無蹤
是我對不起你
第四世的我
奉師父的命令下山辦事
一不小心踢翻你的茶葉擔子
美麗的你用閃亮的眼眸
原諒了粗心大意的我
我心存感激的為你
把茶葉擔子發展

成欣欣向榮的茶葉鋪子
忌妒的商業對手
狠心的下毒手
武功高強的我
卻死得不明不白
第五世的我是隱居的書生
遊山玩水 和清風明月為伍
慧黠的你醉心於醫術
喜樂的有我陪伴
上山下海採藥鍊丹
徜徉在天地之間
毒蛇 是毒蛇要攻擊你
我英勇的擊退毒蛇之後
卻蛇毒攻心而亡
留下了倉惶採藥
急於救我的你

離開我模糊的視線
消失得無影無蹤
第六世我們相逢
你已經忘記我了
我不知道怎麼辦
只有這樣了呢
當斷色欲貪
受想行識亦復如是
一時佛在舍衛國祇樹給孤獨園
對我這麼說
引起我靈魂的震顫
這是自由的滋味
這是從生生世世六道輪迴
解脫的道路啊

2020.06.19.

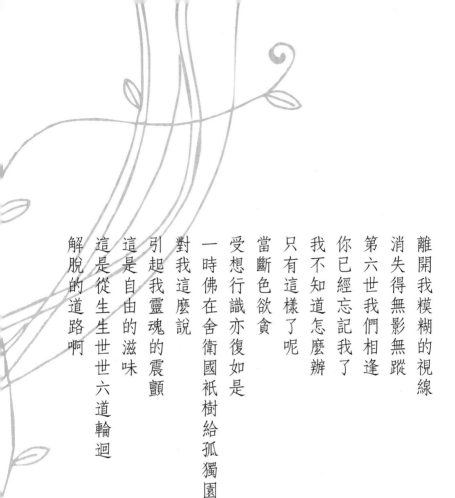

輓余光中

黨國文人放恣逞為一代文豪
反台灣文學竟淪為民主之狼

民

民霧霾，你瞎
民有錢，你貪
民有女，你奸
民有房，你拆
民有話，你刪
民有難，你演
民有冤，你關
民有事，你推
民有疑，你編
民有孕，你流
民有產，你搬
民有苦，你竄
民上訪，你打

民有攤，你掀
民有企，你吞
民哭窮，你越兇
民告官，你亮槍
民毒奶，你二奶
民有派，你勞改
民炒房，你印鈔
民思考，你洗腦
民信教，你拆掉
民自焚，你放砲
民炒股，你發財
民無妻，你邪淫
民低端，你權貴
民奴才，你皇帝

民沒錢，你撒幣
民空手，你武器
民抗議，你驅離
民哭泣，你放屁
民無醫，你吃雞
民被關，你裸官
民律師，你讓死
民串聯，你圍點打援
民練功，你活摘器官
民革命，你屠殺
民罵你王八蛋
你卻自稱父母官
民要你還政於民
你說我是人民的兒子
一切都是為了人民

民要民主
你說 那是資產階級的假民主
民說你一黨專政
你說人民民主專政
才是真正的民主

《二》

被護衛e1 少女伊e1 眼袋一點點仔秀氣e1出現
鼻翼兩bing5 輕微e1 凹落
襯托白su8 su8 ko1 siou1 khua1 有膧e1 面肉
桌腳隨意e1 v字形e1 白 sia8 sia8 e1 美腿
洩漏出3c ann2 頭族sai1 sing2 te1 e1 天機
轉身離開e1 胸kham2
展出小巧飽滿有彈性e1曲線
兩lui1 目睭振動清澈柔和e1光彩
使人心靈bua3 入深藍 e1 大海
Gui1 e1 美麗e1 世界kan1 ta1 為我一le1 人拍開門窗
衰老 大khoo1 song1 song5 善良 關愛 ka1 警戒e1 眼光
伊e1 min3 na1 cai3 將是伊e1 媽媽e1
今仔日 Ti1 眾親友e1簇護之下離席

小百合（台語）

《一》

Te1 te2 e1 頭 cang1 留 ka1 耳腳十公分
白色e1 素T
Su2 配有鬚e1牛仔熱褲
全身軀充滿tio3 青春e1 氣味
十七八歲e1 sui1 姑娘仔按對面街行來
參七八e5 和氣e1 親ciann5 ti1 亭仔腳會合
排隊等候入去盈聯發e1廣式點心飲茶
伊輕輕撥tio3 am1 a1 kung2 邊 e1 頭毛
親像mo1 te1 lu2 bo1 tiung1 ti5 e1 khu2 勢
身軀自然韻律tio3 歡喜e1心情
四周圍e1芸芸眾生只顧tio3面頭前e1 美食
只有孤單e1我ti1 心中o1 lo2 生命e1奧密
接受坐ti1 伊e1 身邊e1 媽媽
向我投射警戒e1眼光
若親像雷射e1 光束ka3我射tang2 過

《三》

啊！正港純粹台灣味e1 美少女
是我免費e1 美e1 饗宴
這是歹勢e1 奢侈
是聖潔e1 冒犯
或者是詩人e1 特權ka1 恩寵
伊e1 目瞯敢有看tio3 我
自頭至尾我攏無法度確定
Tio3親像迷航e1 水手
掠bue3 tio3 夜空e1 天星

2018.06.21.寫於台南市

無題

是安怎
攬著別人的身軀
卻是叫出你的名

是安怎
一個人兮時陣
總是浮出笑容
對心肝底

是安怎
你攏是乎我親像踏佇冰仔角頂頭
卡khia1 ma3 khia3 bue3 tiau5

敢是你兮魂魄
已經有別人起tio3 lau1 ah1 cu3

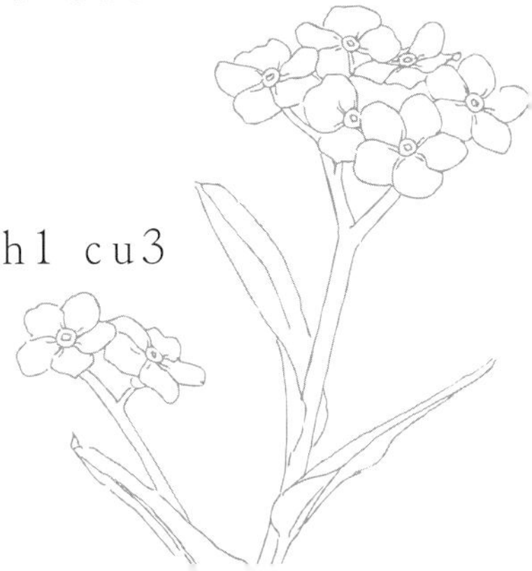

《二》

敢tio3 是我的執著
智慧的劍我了解
Cam1 lo3 khi1 e1 按怎
是兩具屍體ya8 是當下頓悟
神魂超拔於無窮e1 時空之中
心肝m3 kam1 敢tio3 是凡夫
痛下殺手敢tio3 是聖者
Ce1 敢tio3是三千大千世界
我必須出來面對he3 cia2 是
埋首於玄牝之中
心中響起了道友小陸e1 話
只有兩e1 字
愚痴
一片漆黑之中出現三團紅色e1 烈焰
是siang 2 e1 獅子吼震撼了宇宙

斷 捨 離

頂世人e1新娘（台語）

《一》

你是我頂世人e1新娘
是我找cui3足久失落e1靈魂
我Be1 ka1 你e1 面容透過我e1眼球
深深e1 埋入我e1腦海中
一直到伊浮出海面成做一le1島嶼
每年每月每分每秒攏抽kuan5一點點仔
甚至ka3我漲破
我ma3 bue3 怨嗟
因為咱曾經是結合為一體e3
Ti3 hi2 le1 遠古洪荒e1記憶裡爆炸
恍兮惚兮卻又是hia2 ni3 a1 真實
莫非ce1 tio3 是我昔日種下e1 業力
生生世世ti1 六道中不斷e1纏縛流轉
師傅教示我：你e3 當mai3 a1 ni1 寫
我講：na3 是bo1 a1 ni1 寫
　　He1 tio3 m3 是真正e1我
原來所謂真正e1 我

《二》

我是支那人的奴才

我是唐山人

我是台灣人

我是外省人

我是綠卡人

我是美國人

我是海外台僑

我是海外華僑

我是高級外省人

我是留台中國人

我是中共代理人

我是共諜

我是台諜

我是台客

我是台巴子

我是XYZ—

《一》

我是xyz—
我是原住民十三族
我是平埔族•十三族
我是西班牙人
我是荷蘭的紅毛仔
我是ho3lo1 lang5
我是haka nin
我是唐山和台灣的海盜
我是延平郡王的英雄好漢
我是大明帝國的亡國奴
我是大清帝國的子民
我是清國奴
我是大日本皇民
我是日本帝國的走狗
我是堂堂正正的中國人

《四》

我是外省第二代
我是台灣的台生第一代
我是衣冠禽獸
我是君子
我是小人
我是聖人
我是聖女
我是浪子
我是君子
我是淑女
我是蕩婦
我是女妖精
我是強姦犯
我是被強姦的人
我是既得利益者

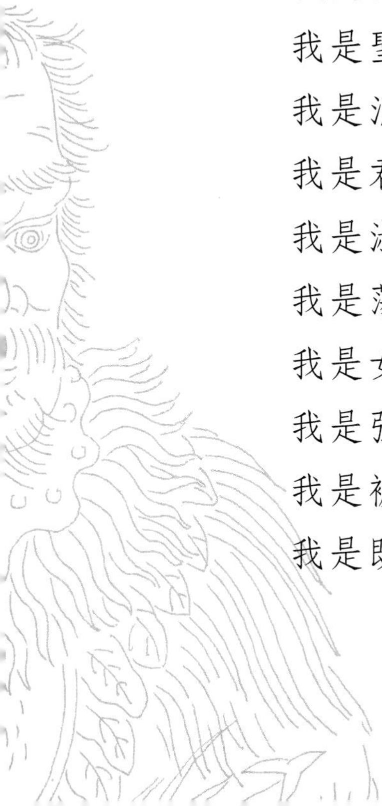

《三》

我是男人
我是女人
我是陰陽人
我不是人
我是同性戀人
我是異性戀人
我是雙性戀人
我是流亡貴族
我是殖民統治人
我是被殖民統治的人
我是大陸新娘
我是外籍新娘
我是新住民
我是中台混血兒
我是新台灣人

《六》

我是動物
我是生物
我是原子分子夸克
我甚麼都不是
我甚麼都是
只有上帝知道我是甚麼
如果這個世界沒有上帝
只有道知道
可以說出來的道
根本不是道
只有我知道
我其實甚麼也不知道
啊！我忘記了
我好像侵犯了老子和蘇格拉底的
智慧財產權

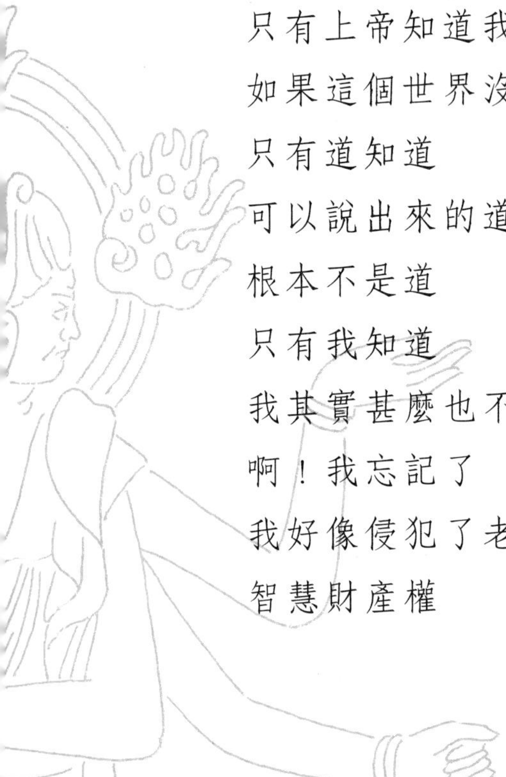

2020.09.4.

《五》

我是被剝削者
我是瘋子
我是正常人
我是日本和中國的戰爭英雄
我是屠殺台灣人的劊子手
我是被屠殺的台灣亡靈
我是出草的勇士
我是被屠殺的原住民勇士
我是空襲台灣的美軍飛行員
我是為台灣殉難的美軍戰士
我是墮胎的婦女
我是被墮胎的嬰靈
我是屠夫
我是被屠殺的台灣豬台灣牛美國豬美國牛
我是天神
我是阿修羅

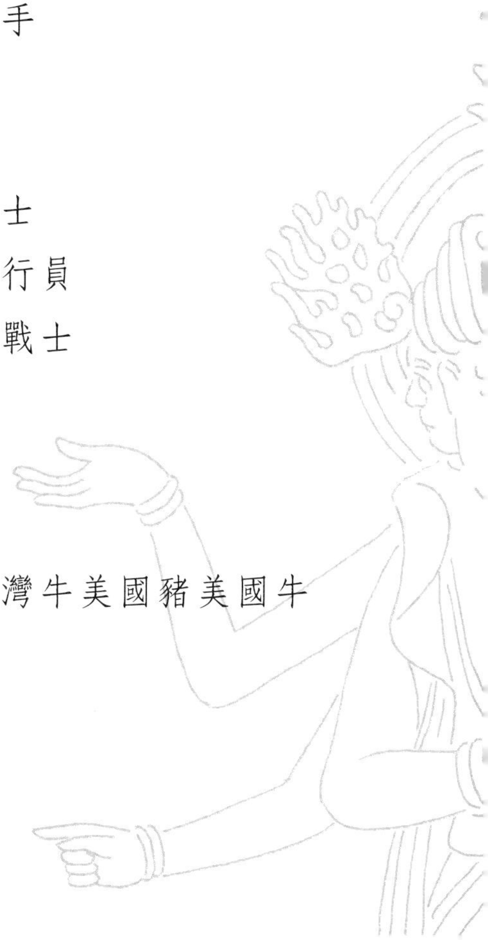

吳文璋

台灣，基隆市人，民國46年生。成功大學中文系畢業，台灣師範大國文研究所碩士班畢業，斯里蘭卡，Kelaniya大學巴利文與佛教研究所博士班肄。現任成功大學中國文學系副教授，專長科目：荀子、儒學、比較宗教學。

著作目錄

一、期刊論文：

1. 荀子哲學與權威主義　孔孟月刊　三十卷　第三期　民國80年11月
2. 論荀子的宗教精神與價值根源　成大中文學報　第二期　民國83年2月
3. 為什麼中國沒有科學——兼論科學如何在生命中生根　成大中文學報　第四期　民國85年5月
4. 從思想史論戰後台灣儒學的兩大典型——胡適與牟宗三　成大中文學報　第六期　民國87年5月
5. 荀子議兵篇析論　成大中文學報　第八期　民國89年6月
6. 論儒家與儒教——從儒家是否為宗教談起　台南師院語文教育通訊　第廿二期　民國90年6月
7. 董仲舒綜合的巫師傳統和深層結構　世界中國哲學學報第八期　佛光人文社會學院　宜蘭哲學學會聯合主編92.3.31.
8. 論董仲舒對儒教的建構——以治水之術為例　當代中國哲學學報　第九期　南華大學世界中國哲學研究中心　台南哲學學會共同發行　96.9.
9. 荀子論心和韓非子所蘊涵的心論之比較研究　成大宗教與文化學報　第八期　成功大學中文系宗教與文化研究室印行96.8.

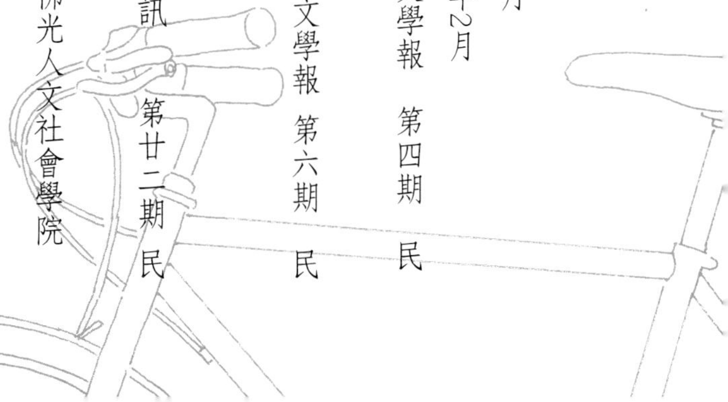

10.由現代就業市場觀點論孔子周遊列國　成大宗教與文化學報　第十五期　成功大學中文系宗教與文化研究室印行　99.12.

11.論荀子欲望的身體觀　成大宗教與文化學報　第二十期　成功大學中文系宗教與文化研究室印行　102.12.

12.中庸哲學與精神疾病的預防與治療　吳文璋　蕭凡鈞　成大宗教與文化學報　第二十一期　成功大學中文系宗教與文化研究室印行　103.12

13.論荀子哲學的多元認識論　成大宗教與文化學報　第二十二期　成功大學中文系宗教與文化研究室印行　104.12.

二、學術會議論文

1.從思想史論戰後台灣儒學的兩大典型——胡適與牟宗三

第一屆台灣儒學會議論文發表　民國86年4月

2.政教結合與政教衝突——以西漢的儒教為研究重點　第三屆台灣儒學研究國際學術研討會論文發表　民國91年.9月.

3.孔子綜合的巫師傳統和深層結構　南華大學宗教所　第一屆台灣中國哲學學術研討會

95.12.16.

4. 論董仲舒的治水之術　政治大學第六屆漢代文學與思想學術研討會 96.3.25.

5. 荀子論心和韓非子所蘊涵的心論之比較研究　儒學全球論壇2007荀子思想當代價值國際學術研討會　中國山東大學主辦 96.7.

6. 論荀子的心　東方區域與文化論壇　環球技術學院通識中心　全球趨勢與創意產業研究中心聯合主辦 98.5.2.

7. 論荀子慾望的身體觀 東方論壇：東方城市與文化會議環球技術學院 98.07.

8. 從荀子哲學論羅生門中的人性　東方論壇：東方文化與與東方公共關係研討會議主辦單位：環球技術學院通識教育中心　公關事務設計系　暨台東大學語文教育研究所. 98.8.22

9. 由中庸哲學論精神官能症的預防與治療　103年台灣哲學學會學術會議 103.11.02.

10. 論荀子的多元認識論　儒家思想與儒家文化國際學術研討會　成功大學中文系主辦 103.11.21.

三、專書：

1. 荀子樂論之研究　吳文璋著 台南 聯寶出版社　民國81年1月

2. 思無邪新詩集　台南 聯寶出版社　吳文璋著　民國82年11月

3. 荀子的音樂哲學　台北 文津出版社　吳文璋著　民國83年

4. 巫師傳統和儒家的深層結構　高雄　復文圖書出版社　吳文璋著　民國89年6月

5. 儒學論文集——追求民主科學的新儒家　吳文璋著　高雄　復文圖書出版社　95.6

6. 華英對照《解蔽　大學　中庸　論語》　吳文璋編著　高雄　復文圖書出版社95.9.

7. 華英對照《孟子》　吳文璋編著　高雄　復文圖書出版社　97.05.

8. 《大學國文選》吳文璋主編　國立成功大學中國文學系　97.6.

9. 養天地之正氣——自發功的奧秘　吳文璋著　智仁勇出版社　98.12.

10. 與氣浮沉——自發功百日築基　Ｙ塵著　吳文璋主編　智仁勇出版社　98.12.

11. 論自由　約翰．司都爾特．密勒著　吳文璋譯　智仁勇出版社　99.12

12. 論代議政治．約翰．司都爾特．密勒著　吳文璋譯　智仁勇出版社　99.12

服務成果

成大宗教與文化學報 第一期 主編 90年12月出版

成大中文系碩士論文初審委員 張載讀書論研究 研究生：黃美珍 90年6月畢

成大中文系碩士論文初審委員 研究生：陳柏光 91年6月畢

九十學年度 中文系圖儀委員會委員 90年7月｜91年7月

國立台南師範學院九十學年度 學報 論文審查委員 91年6月

第三屆台灣儒學研究國際學術研討會 秘書組 90.9.-91年9月

國立成功大學中國文學系九十一學年度空間規劃委員 91.9-92.7.

國立成功大學九十二學年度中國文學系碩士班招生小組委員 91.11.29.

台南市哲學學會理事長 91年.11月.-94.年11月.

九十二學年度學科能力測驗監試主持人 92年1月24,25.

第三屆臺灣儒學研究國際學術研討會論文集 主編 91年9月-92.年2月.

國立成功大學九十二學年度中文系碩士在職專班閱卷委員 92.4.28.

九十學年度 中文系系史室編纂委員 90年7月｜91年6月

成功大學九十一學年度碩士班研究所招生考試監視主持人 91年7月

成功大學九十一學年度碩士班研究所招生考試語文科閱卷委員 91年7月

成功大學九十一學年度碩士班研究所招生考試專業科目出題及閱卷委員

國立台南師範學院　國民教育研究所碩士班　東晉廬山教團之居士群研究

研究生：曾惠苑　口試委員　91 年7月

國立台南師範學院九十二學年度語文應用研究所碩士班閱卷委員92. 4. 20.

成大宗教與文化學報第二期　審查委員　91年12月

宗教經典工作坊：差異與對話座談會　第三場主持人

「聖俗、性別、內外與階級：宗教之平等觀」　91年6月18日

《儒學與社會實踐》論文集主編　92. 2.

國立成功大學中文研究所　雲漢學刊審察委員　93. 03.

空間規劃委員會委員　92. 8-93. 7

第五屆魏晉南北朝學術與思想學術研討會　總務組　93. 3. 26-3. 27

第五屆魏晉南北朝學術與思想學術研討會　特約討論人 93. 3. 26

國立台南師範學院九十一學年度　學報　論文審查委員　92. 06

成功大學九十二學年度碩士班研究所在職專班招生考試專業科目出題及閱　委員　92. 04

成功大學九十三學年度碩士班研究所在職專班招生考試專業科目出題及閱　卷委員　93. 04

成功大學九十三學年度碩士班研究所招生考試　監視主持人93. 04

國立台南師範學院九十三學年度　語教系　推薦甄試命題及閱卷委員　93. 04

第三十二屆鳳凰樹文學獎　現代詩初審委員　93. 04.

成功大中文系碩士班論文初審委員　研究生　薛裕民　93.4.15
成功大學九十三學年度進修學士班入闈命題顧問　93.7.8–11
雲林縣九十三學年度國小教師甄試命題委員　93.7.
「中西社會哲學對話」國際學術研討會　台南市哲學學會　南京大學哲學系聯合主辦　93.8.
成功大學九十三學年轉學生入學考試閱卷委員　93.7.12–7.14
成功大學九十三學年度中文系圖儀委員　93.8–93.7
成功大學九十三學年度碩士班學生戴榮冠初審委員93.11.
南華大學九十三學年度宗教學研究所碩士班學生釋妙謹〈趙亞萍〉口試委員
論文題目：北宋僧契嵩釋儒一貫思想研究　93.12.
成大宗教與文化學報第四期主編　93.12.
成大宗教與文化學報第四期審稿委員.　93.12
台南大學語文學報第三期審稿委員　94.3.12
台南大學語文應用研究所碩士班九十四學年度命題委員 94.3
台南大學九十四學年度碩士班入學考試閱卷委員　94.4
成功大學九十三學年度博士班學生黃麗娟資格考口試委員　94.4.23
成大大學國文選單元主編　94.4.
成大大學國文選撰稿委員　94.4

成大中文系雲漢學刊審稿委員　94. 5.

第33屆鳳凰樹文學獎現代詩初審委員94. 4

第33屆鳳凰樹文學獎決審現代詩主持人94. 5

成功大學九十三學年度碩士班學生薛裕民學位考試委員　94. 06. 14.

成功大學九十三學年度博士班班學生黃麗萍資格考口試委員　94. 11. 8.

成功大學九十四學年度推薦甄試出題委員　94. 11. 8.

成功大學九十四學年度圖儀委員會委員　94. 8–95. 7

台南大學南大學報第40期審查委員　94. 12. 20.

國立台南大學附設國小　教師評審委員會委員　95. 9. –96. 8. 31

成功大學中國文學系宗教與文化研究室召集人　95. 1

成大宗教與文化學報第六期主編　95. 6.

成功大學九十五學年度碩士班研究所考試國文科閱卷　95. 5.

第一屆禪學、藝術與管理學術會議　論文發表　南華大學　95. 3. 12

從莊子〈齊物論〉探究禪宗公案「單掌之聲」

成功大學九十五學年度碩士班研究所考試國文科閱卷　95. 5.

第34屆鳳凰樹文學初審委員〈現代詩〉95. 5

南華大學人文學院世界禪學研究中心　客座研究員 94.5.1–97.4.30.

第十六屆南區中文系碩博士生論文發表會　審稿委員　95.9.26

成功大學中國文學系宗教與文化研究室召集人　96.1

成大宗教與文化學報第七期主編　95.12.

成大宗教與文化學報第八期主編96.6.

政治大學第六屆漢代學術會議發表論文《論董仲舒的治水之術》96.3.25.

台南大學國語文學系　碩士班黃淑鈴　口試委員　〈論台灣中部原住民的巫術〉96.6.

雲林科技大學漢學研究所學報審查委員　96.6

成功大學九十六學年度在職碩士班考試命題委員　96.3.

第35屆鳳凰樹文學初審委員〈現代詩〉96.5.

儒學全球論壇〈2007〉荀子思想當代價值國際學術研討會　發表論文〈荀子論心與韓非子所蘊含的心論之比較研究〉山東大學　山東省臨沂市人民政府　共同主辦　96.8.6–8.

台南市哲學學會顧問　96.8.

《當代中國哲學學報》第九期主編　南華大學世界中國哲學研究中心出版　96.9.

參與成功大學中文系主辦之琉球大學學術訪問交流　96.9.22–25

參與成功大學中文系主辦之沖繩國際大學學術交流訪問　96.9.22–25

國立東華大學《東華漢學》學報第六期審查委員　96. 12.

96學年度台南市立海佃國中主辦——生命教育優良出版品心得寫作徵文比賽　評審委員
96. 12.

《成大宗教與文化學報》第九期主編　96. 12.

高雄道德院演講〈老子對韓非子的影響〉97. 1. 17.

成功大學中文系向文學院推薦優良導師　97. 4. 8.

第六屆魏晉南北朝文學與思想學術研討會　接待組 97. 4. 8.－

成功大學中文系博士班學生姚彥淇資格考論文審查　審查委員 97. 4. 15.

成功大學中文系中國文學研究所碩士在職專班　研究生曹喻水　口考委員
〈孟子至善倫理與諾丁關懷倫理之比較研究　97. 6. 18.

南華大學出版與文化事業管理研究所　研究生洪宗慶　口考委員〈皇冠文化集團發展
歷程之解析〉97. 6. 20

第六屆文學與思想國際學術研討會　特約討論人 98. 4. 18.

指導研究生　沈青莛　題目　人性與道德實踐荀子與亞里斯多德倫理思想之比較研究　97–99

指導研究生　王勝美　題目　荀子和基督教的幽暗藝事之比較研究97–98

指導研究生　蔡佩瑩　台南孔廟之研究97–99

雲漢學刊第十九期審查委員　篇名　由家戒析論嵇紹之生命情志 98.6.

東方區域與文化論壇會議 第一場次主持人 98.6.14.

世界宗教學刊　第十四期　審稿委員　南華大學宗教學研究所　98.7.

遠東科技大學教師升等著作審查委員98.8.4.

台南大學國語文學系碩士論文口試委員　研究生留一心　〈陶淵明文化形象研究〉98.9

《成大宗教與文化學報》第十期主編　97.6..

《成大宗教與文化學報》第十二期主編　98.6

《雲漢學刊》第二十期　編審委員. 98.12

《成大宗教與文化學報》第十三期主編　98.12..

《成大宗教與文化學報》第十四期主編　99.6.

《成大宗教與文化學報》第十五期主編　99.12.

《雲漢學刊》第二十一期　編審委員. 99.12.

義守大學人文與社會學報第二卷第八期審稿委員100.4.

《成大宗教與文化學報》第十六期主編　100.6.

中文系學術及課程規畫委員會　100.9.－101.7.

現代國家文化論壇學術研討會　會議承辦人　環球科技大學通識中心　成大中文系宗教與文化研究室聯合主辦　100.7.31-8.01

現代國家文化論壇學術研討會　論文評論人　嘉南藥理科技大學韓國成均館大學合辦

100. 7. 31-8. 01

國際儒學論壇　論文評論人　100. 10. 28.

第八屆詮釋學與中國經典詮釋國際學術研討會　成功大學中文系主辦　評論人　成功大

學中文系主辦　100. 11. 04.

輔仁大學中文系101學年度新聘專任教師擔任著作審查員　101. 4. 15.

第二十八屆南台灣中文系碩博士生論文發表會審查委員　101. 9. 13.

第十九期宗教與文化學報主編　101. 12.

第二十九屆南台灣中文系碩博士生論文發表會審查委員　102. 2. 13.

東吳大學中文學報審查委員　102. 2. 10.

《雲漢學刊》第二十七期　編審委員. 102. 3. 29.

第四十一屆鳳凰樹文學獎　現代詩組　初審委員 102. 4. 10.

跨界藝術沙龍．經典童話的深刻寓意（一）吳俞萱主講　成大儒學研究社主辦　102. 05. 20.

跨界藝術沙龍．經典童話的深刻寓意（二）吳俞萱主講　成大儒學研究社主辦　102. 05. 27

跨界藝術沙龍．經典童話的深刻寓意（三）吳俞萱主講　成大儒學研究社主辦　102. 06. 03.

跨界藝術沙龍．經典童話的深刻寓意（四）吳俞萱主講　成大儒學研究社主辦　102. 06. 10.

102學年度中國文學系碩士學位考試委員 學生吳綉真 103.1.9.

《雲漢學刊》第二十七期 編審委員.102.3.29.

第三十屆南台灣中文系碩博士生論文發表會審查委員 103.2.13

《雲漢學刊》第二十九期 編審委員.103.07.

第二十期宗教與文化學報主編 102.12.

成大中文系碩士在職專班學位考試委員 碩士生姜志翰 103. 5.6.

103年台灣哲學學會學術會議 論文發表會主持人

發表人 葉海煙教授 唐君毅論道德情感 蔡錦昌教授莊子的遊藝之道--評徐復觀的藝術
精神說 103.11.02

103年年度台灣哲學學會學術會議 論文發表會評論人

發表人 曾瑋傑 一種人性、兩家學說——荀子與韓非從相同人性觀點開展不同政
治論之可能103.11.02.

彰化縣八卦山大佛寺 台灣孔子研究院 研究員 103.3.

彰化縣八卦山大佛寺 台灣孔子研究院 研究員 104.3.

彰化縣八卦山大佛寺 台灣孔子研究院 研究員 10 5.3.

成大《雲漢學刊》第三十一期審查委員 104.03.30.

第四十三屆鳳凰樹文學獎現代詩組 初審委員 104..4.11.

第二十一期成大宗教與文化學報主編　103. 12.

第二十二期成大宗教與文化學報主編　104. 12.

第二屆成大中文海東論壇研究生論文發表會審稿委員 105. 5.

2016 儒學與文化兩岸研究生學術論文研討會 論文評論人 嘉南藥理科技大學105. 5.

台北亞東技術學院教師升等審查委員　105. 5.

政治大學博士班博士論文初審委員　106. 2.

中山大學中文研究所博士生論文初審委員 106. 3

台南大學人文研究學報審查委員　106. 5. 12

2017 儒學與文化兩岸研究生學術論文研討會 論文評論人 嘉南藥理科技大學106. 5.

雲漢學刊第三十五期　學報審查委員　107. 3. 出刊

蓮花——吳文璋新詩集

作　者　吳文璋
繪　圖　吳靜芳
出版者　智仁勇出版社
經　銷　高雄復文圖書公司
地　址　802高雄市苓雅區五福一路五十七號二樓之二
電　話　07　2265267
　　　　07　2261273
印刷者　新友印刷商行
出版日期　中華民國一一〇年三月
定　價　二五〇元

國家圖書館出版品預行編目(CIP)資料

蓮花：吳文璋新詩集/吳文璋作. --
[臺南市]：智仁勇出版社, 民110.07
面；　公分
ISBN 978-986-85729-5-9(平裝)

863.51　　　　　　　　　110011103